月が導く異世界道中

Tsukiga Michibiku Isekai Dochu

19

あずみ圭

Azumi Kei

目次

主な
登場人物
識(しき)
元は「リッチ」と呼ばれる
骸骨型のアンデッドモンスター。
真と契約したことで人の姿となった。
戦闘のみならず、
実務面でも真をサポートする。
巴(ともえ)
元は「蜃《しん》」と呼ばれた竜。
真と契約したことによって
人の姿を得た。
大好きな日本風の街に来て、
テンションが上がっている。
深澄 真(みすみ まこと)
本作の主人公。
親の都合で異世界へ召喚
されちゃった悲運な高校生。
ローレル連邦では『賢人《けんじん》』として
特別扱いされがち。

澪（みお）
元は巨大な蜘蛛。
真と契約して、
人の姿を得た。
最近オープンした
食事処の運営に
力を入れている。
いろは
ローレル連邦で
出会った家出少女。
助けてくれた巴に
心酔している。
ベレン
誇り高きエルダードワーフの職人。
真達とは別行動で
ローレル連邦を回っている。

魔族領
ケリュネオン
ステラ砦
王都ウル
帝都ルイナス
リミア王国
グリトニア
帝国
アイオン王国
学園都市
ロッツガルド
ロビン
ボズダ
ローレル
連邦
ツィーゲ
ナオイ
黄金街道
果ての荒野
月が導く異世界道中
Tsukiga Michibiku Isekai Dochu
世界地図

1

僕——深澄真《みすみまこと》は、独立で揺れる辺境都市ツィーゲの防衛戦力強化のため、ピクニックローズガーデンなる謎の傭兵団《ようへいだん》を探して、ローレル連邦を訪れていた。

ローレルのお偉いさんである彩律《さいりつ》さんからお墨付きの手形をもらった僕は、クズノハ商会代表ライドウとして、従者の巴《ともえ》と澪《みお》をお供にカンナオイという都市を目指している。

どうやら、件《くだん》の傭兵団は、その街の付近にある『ヤソカツイの大迷宮《だいめいきゅう》』を拠点にしているらしいのだ。

そんな中、国境の街ミズハに滞在していた僕らは、夜道で何者かに襲われていた身分が高そうな少女を助けてしまった。

襲撃者達は明らかに少女の身内っぽかったけれど、成り行きで僕らが保護する事になって……。

宿に連れ帰ったその少女と互いに軽く自己紹介すると、彼女はここから西に行った、そこそこ大きな街の地主様の娘さんで、〝大阪《おおさか》いろは〟だと名乗った。

それを受けて、僕の従者である巴は、自分達はローレル連邦から商売の許可を得て国内を視察している外国の商会だなどと返した。

全て事実だけど、本当の目的はまるで語っていない。

……言葉って奥が深いネ。

大阪いろはちゃんは、初対面の時の印象もあって、巴によく懐《なつ》いている。

ちなみに僕は巴の主《あるじ》で商会の代表だと名乗ったにもかかわらず、腹を抱えて笑われた。巴が本当だと言ったが、いろはちゃんはきょとんとしていた。

お子様にどこまで理解できるかはともかく、きちんと説明して、彼女からめでたく〝不思議〟という感想をいただきました。

多分、いろはって名前は本名で間違いないけど、姓の方は大阪じゃなくてオサカべだろうと僕は考えている。

自己紹介の時、本人が思いっきり〝おさか……おおさか〟って言い直したから。

しかし、ローレルは国内での名前の呼称が他の国と違っていて、名から姓じゃなく、姓から名の順であるのが、いろはちゃんが当然のようにそう名乗ったのを見てようやくしっくりきた。

名乗り方も日本風という事で、いよいよこの国で特別視されている『賢人《けんじん》』様と日本人がイコールであると分かった。そこそこ以上に国に影響を与えているんだと実感する。

伝説の剣豪ムラマツ＝イオリなんてのも、思いっきり和風なお名前だし。

聞けば、イオリは実在も怪しまれるくらい遥《はる》か昔の人物らしいけど、この国では多くの国民が知る御伽草子《おとぎぞうし》というか……まあ、よくある英雄譚《えいゆうたん》の主人公だ。

流石《さすが》に現地の人だと思うけど、上位竜ルトの旦那《だんな》さんの例もある。彼が日本人って可能性も、なきにしもあらず。

多くの人に親しまれているみたいだから、まあ日本人ならそれはそれで誇《ほこ》らしいような……。

そしていろはちゃんは、その剣豪ムラマツ＝イオリの大ファンだそうだ。

うん、微笑ましい。

それにしてもだ。

一目で金持ちの娘と分かる高価な服装に、世間ずれしていない無知な言動。

その割に知識レベルはなかなかのもので、子供が好きそうな英雄譚とはいえ、イオリについてやけに詳しいし、クズノハ商会って名前にも〝外国の商会なのにクズノハ?〟とか突っ込んできた。

金持ちは金持ちでも、地主の娘さんよりもお姫様の方がしっくりくる。

つまりカンナオイを治めるオサカベ家の娘さんで間違いなさそうな気配だ。

後で巴に確認しておこう。そう僕が心に決めた段階で、ようやくいろはちゃんの興味が巴から別のものにも向けられはじめた。

そして今、いろはちゃんが関心を示したもの——ええ、僕じゃなくてですね——露天風呂に入るって話になっている。

ついさっき会った少女とお風呂。

展開が頭悪すぎるエロゲーのようで、その後のバッドエンドまで僕にははっきり見える。お縄《なわ》ですよ。

この国の法には詳しくないけど、僕の倫理的にお縄です。

彩律さんの手形とか、関係ないっての。

当然一瞬でその線は地平の彼方《かなた》までぶん投げて。

まあ、連れてきたのはこっちで、この子はお客様ですし、一番風呂はお譲りしようかと思って、僕はいろはちゃんに〝どうぞ、先に入っていいよ〟と伝えたわけなんですよ。

湯を溜めて入る風呂じゃなくて、かけ流しの豪勢《ごうせい》な温泉だ。

僕が冬の雪山に大穴を開けて、巴達が突貫工事したスーパー銭湯と比べたら小さいけど、庶民の感覚からしたら、結構なサイズの露天風呂である。

……考えてみれば、今の僕は、そこそこの旅館に泊まった上で時間制限付きかつ別料金で露天風呂を独り占めしなくても、好きな時にそれができるわけか。

そして今泊まっている宿も、客室に温泉がついていて、二十四時間いつでも利用可能だ。

案内役のローレルの竜騎士——地竜隊《ちりゅうたい》の人に取ってもらった宿だけど、料金は向こう持ちにせず、強くお願いして、自分で払う事にした。

泊まる宿のスケールでそれを実感するのはどうかと思うけれど、僕はお金持ってたんだなあ……などと改めて実感する羽目になった。

ちなみに、僕らが本拠地にしている亜空《あくう》では、金貨が詰まった蔵が急ピッチで造られている。蔵ばっかりできても中身が変わらないし、それ以上に景観が悪いからという理由で、現在亜空では蔵の金貨の両替が進められている。

金貨の上には確かに魔銀貨《まぎんか》と黄金貨《おうごんか》（真金貨《しんきんか》ともいう）があるから、両替は可能なんだけど、金貨より上の二つはあまり流通していなくて、とにかく使い勝手が悪い。だからこれまでほとんど替えてこなかった。でも空けた蔵には他にも入れたい物が沢山《たくさん》あるし、仕方なく……って感じ。

黄金貨ははっきり言って、入手から困難な半分美術品——地球でたとえると、高価な記念金貨みたいなものだから、もっぱら魔銀貨に替えている。

それでも蔵をいくつか占有するだろうって、実務能力に長《た》けた従者の識《しき》が試算していたのを思い出す。

資産全部は金銭に換算できないし、把握《はあく》しようもないけど……一回、現金の所有額だけは聞いておくべきかもしれない。

——で、ともかく幼女に、じゃなくていろはちゃんにお風呂を勧めたところ〝一人でなんて入れないから一緒に入るのです〟と言われた。

そして彼女は澪の正面に行って、両腕を上げた。

立ったまま万歳《ばんざい》の姿勢である。

「なんですの、小娘。その格好は？」

澪が怪訝《けげん》な顔をしていろはちゃんに理由を尋ねるのも、当然だろう。

僕にもなんのつもりか分からない。

ただ澪には、いろはちゃんを小娘って呼ぶのはやめるように、後で言っておこうと思う。

「澪といったですね。早く脱がせるのです」

澪の質問に、いろはちゃんが呆《あき》れたような表情で命じた。

「……は？」

「は、とはなんです。あなた、巴様とライドウ様にお仕えしている女中なのでしょう？　他に使用人もいらっしゃらないみたいですし、私のお世話もあなたに任せるのです」

「ぶふっ」

巴が噴いた。

なんの他意もない純粋ないろはちゃんの発言。

なるほど、見事な誤解だな。

立ち位置で言えば、僕の下に巴と澪が並んでいるのが正しい構図だ。でも、いろはちゃんの巴への脳内謎補正のせいで、僕らが説明したにもかかわらず、澪が一番下という扱いになったと。

……ああ、そうか。

それに加えて、いろはちゃんの元々の連れが、爺《じい》やみたいな人と、護衛と下仕《しもづか》え——女中みたいな感じの構成だったから、僕らの関係にもそれを当てはめたのかもな。

「……よく聞きなさいメスガキ。私は若様に！　お仕えしているのです。決して巴さんなどに使われているわけじゃありません。私と巴さんは同列。いいえ、胃袋を掴《つか》みつつある私の方がむしろ上。分かりましたか？」

小娘より下はどんな言葉になるのか。澪の場合はメスガキらしい。

「胃袋、料理人ですか。ならやっぱり側近の巴様より下なのです。そもそも二刀を持って主に仕えるのが、側近の証《あかし》なのです。だから――」

「わーかーりーまーしーたーかー？」

「っ!?　ひたっ、ひはひへす、ひはい!!」

「きーこーえーてーまーすーかー？」

澪は一つこくりと頷《うなず》くと、笑みを浮かべる――からの会話を即座に捨て去り、実力行使。

いろはちゃん、ほっぺが痛そうだ。

頬肉がちぎれ飛んでいないあたり、流石の澪も子供への加減は心得ているみたいだな。

うん、澪にしては実にソフトな、それでいて彼女らしい対応だ。

その後、しばらく持ち上げられつつ分かりましたかのダンスが続き、いろはちゃんは涙ぐみながら全力で首を縦に振った。

説得完了か。

というか、これぞＳＥＴＴＯＫＵだな。

一応、澪には自重《じちょう》するように伝えておく。

「うっ、うう。澪、さんが駄目《だめ》なら仕方ないのです。ライドウ様、お願いするのです」

え？

「何言ってんの、この幼女。ぶっ壊れてんの？」

まずった。

とんでもない不意打ち発言に、心の声が裏返って思わず口から出ていた。

「え？」

「あ、いや。僕は女の子の入浴の世話はやった事がなくてね。申し訳ないんだけど、できないよ」

色々な意味でね。

あ、僕ってそっちの趣味はないんだな。

全くそそられないわ。

今日は意外な発見が続く日だ。

というか、何故澪が駄目だと、次が巴じゃなくて僕なんだよ。

「メスガ、こむ……ジャリ。いろはでしたか。どうやらまだ言葉が足りなかったようですね？」

澪が両手をわきわきさせていろはちゃんを見ている。

いろはちゃんが女を使うなんてありえないから、敵認定して名前呼びするんじゃないよ、澪。

両手の効果は抜群だったみたいで、いろはちゃんが僕の後ろに隠れてしまった。

「まあまあ澪、そう怒るでない。いろはが恐がっているではないか。聞けばこの娘の実家は相当な地主の様子。身の回りの世話など全て他人がやるのが当然な環境で育ったのであろう」

「巴さん。では貴方は若様にこの娘の脱衣と入浴の補助をさせろと？　体や髪を洗ってやり、身を添わせて湯船で共に過ごせと、そう言うつもりですか。そうですか。駄目です、絶対。誰がそんなうらやま……とにかく駄目です、絶対！　それは私がこれから若様だけにするんですから！」

「あ、流石に湯船につかるくらいは一人でできるのです。でも服を脱いだり体や髪を洗ったりするのは、お風呂にいる使用人の仕事なのです。私のお母様だってそうしているのです」

おいー。

体や髪を洗うまではやらせるつもりだったのか。

そうしているって……マジか。

恐ろしいな。

いろはちゃんの発言が、彼女の無菌室育ち、実家の金持ちレベルの高さをどんどん上げている。

そして澪。

またぶっ倒れるから。

自重してって言ったばっかりでしょうが。

「お前が言うと、なんというか妙に艶《なま》めかしく聞こえるのう。安心せい、流石に若にそんな真似はさせん。儂《わし》だってしてもらった事はないしのう。連れてこようと最初に思ったのは儂じゃ。よって儂がいろはの入浴を世話しようではないか」

巴の発言は、中ほどで呟《つぶや》いた愉快な言葉以外は殊勝《しゅしょう》なものだった。

まあ、巴がやるのがいいだろう。

本人も了承しているし、澪は拒否したわけだし。

ところが、いろはちゃんは顔を真っ赤にして、僕の太腿《ふともも》にひしっとしがみついた。

「と、ともともととと、巴様がですか!?　無理です、絶対に無理なのです!!」

ぴしっと。

澪の表情がまた一つ上にいった。

よく分からないけど、そう感じた。

しかしどういう事だ、幼女。

どっちかと言うと巴と僕に対しての態度が逆じゃないかね？

……まさか!?

この子、女性が好きだったりする？

っ……!?

そういえば、いろはちゃんが憧《あこが》れている伝説の剣豪イオリについても、僕は男だとばかり思っていたけれど、そうとも限らない。

宮本武蔵《みやもとむさし》の弟子だか養子だかにそんな名前の人がいたようなって思って、てっきり僕はその人の

イメージでいたんだけど……まさかの女なのか⁉

動揺するいろはちゃんを見て、巴が首を傾《かし》げる。

「その反応は何故じゃ？　若で良いなら儂でも良かろう？　風呂で肌を見せるのには躊躇《ためら》いもないんじゃろ？」

「そそそそそ、そういう問題ではないのです！」

となると、巴に風呂の世話を任せるのはかえって良くないのか⁉

（あー、若。言っておきますがこの娘、ちゃんと男が好みですぞ。会った事はないようですが、当人も納得した婚約者もおるようです）

僕が色々と考えすぎていると察したのか、巴が生温かい目で念話《ねんわ》を送ってくれた。

しかし、いろはちゃんの言動は明らかに……。

巴だから間違いはないとは思うけど……でもなあ。

「ふむ。ではどういう問題じゃ」

「は、ははは、はっ」

いろはちゃんが何かを口走ったが、鼻息荒い犬みたいになっていて、まるで聞き取れない。

理由を言おうとはしているようだから、そのまま待つ。

「恥ずかしいのです！」

「いや、脱がせぬとて、どうせ湯船では一緒じゃろ？」

「ひゃっぱ譲って！」

「……百歩じゃなくて？」

あ、つい突っ込んじゃった。

でも百羽ってさ。

ローレル仕様だとそういう言い回しになるのか？

「あう。百歩譲って！　なのです。ご一緒させていただくとしても――」

いろはちゃんはすっごくテンパってる。

ひとまず全部言ってもらうか。

突っ込まない、突っ込まない。

「うむ」

巴もそのつもりのようで、頷いて続きを促《うなが》した。

「せめて私が十七、八になって、お母様のような女性らしい豊かな体になってからなら……喜んでご一緒するのです。今は駄目なのです！　こんなずん胴まな板はお見せできないのです!!　巴様のような凄《すご》い方にはとても!!」

……。

この子がいくつか知らないけど、あれか。

風呂に入るのは何年後だって話だよな。

澪が脱がすとしても、どうせ風呂で一緒になるのは変わらないわけで。

湯船は二つあるから、別々に入るって事か？

それにしたってどうせ見えちゃうよねえ。

「別に子供の裸なぞ、どうであれ気にはせん。それに母君が目標ならば、娘のお主《ぬし》はいずれ似ていくじゃろう。気にするな。大体、もし絶対に見るなといろはが言うのであれば、儂はあれか？　目隠しをして風呂に入れと？」

……それは嫌だな。

風呂はこう、もっと自由で、気ままで、楽しめなくちゃいけない。

心の洗濯ともいう暮らしの必需品なのだから。

風呂イズライフ……の一部。

流石に人生だと言い切れるほどには風呂道は究めてないや。

「目隠しだなんて！」

いろはちゃんもそこまでは非常識じゃないらしく、巴の指摘に恐縮している様子だ。それに、風呂の重要性もよく分かっているようだ。

「ならどうすればよい？　多少恥ずかしくとも、ここは素直《すなお》に儂に洗われておくのが最善ぞ？　この儂が他人の体を洗うなぞ、ほぼ初めての事じゃからな。後に誇れ、特別に許す」

巴の奴。

巴はいろはちゃんとその一行の記憶から、何を読んだんだろうな？　相当機嫌が良いし、こいつがここまで言うのはなかなかのものだ。

ひょっとして、何か素敵な特典が彼女にはあるのか？

それ、僕にとってだよな。

巴にとってじゃないよな？

「と、巴様には先にお入りいただくか、後でお入りいただくかでお願いしたいのです!!」

「……なんじゃと？」

「……ぷっ」

今度は澪が笑いを漏らす。

斜め上来た。

つまり澪に世話を断られ、僕にそれを望んだいろはちゃんの頭の中には、今二つのパターンがあるわけだ。

一つは僕と澪といろはちゃんが一緒で、巴が一人の入浴。

もう一つは僕といろはちゃんが一緒で、巴と澪が一緒の入浴。

「……つまり、いろはは。お前は儂に、一人で入れと、そう言っておるのか？」

「いえ！　澪さんと二人で仲良くお入りくださればのです！」

巴の妙な気迫に押されてか、新たなる敬語〝くださればのです〟を創造したいろはちゃん。

〝です〟無敵だな。

小さい子が言ってるの限定だけど、なんか許せる不思議。

しかし許せたのは、どうやら僕一人だけだったらしい。

残る二人にとっては内容の部分で完全にアウトだったみたいだ。

問答タイムが終わる気配が僕にも分かった。

巴と澪が静かに頷き合う。

まあ、こう言ってはなんだけど、妥当な結論だな。

幼女はお風呂に一人では入れず、そして僕も初対面の幼女とは入れない。

なら、今夜は僕がお風呂を我慢して、澪か巴――できれば澪が、いろはちゃんをお風呂に入れてあげる。

それがベストだ。

「いろは。せめて目隠しと言っていればまだ交渉の余地はあったものを。身分を考え、己《おのれ》で風呂に入る術《すべ》を教えるのは悪影響かと案じたのが、思えば甘やかしであったか」

ん？

「私達がこの小娘に配慮する事自体が間違いです。元々今日一番の楽しみはこれだったんですから！」

ん？　これ？

「わひゃっ！」

「っと」

僕の太腿にしがみついていたいろはちゃんが、澪に剥《は》ぎ取《と》られた。

一瞬の事だ。

「良い機会じゃ、風呂の入り方を教えてやろう。そう、混浴の作法をな！」

んなものはない！

良い機会も当然ながらどこにもない！

初めて聞いたわ！

「おい巴、ってなんで僕の後ろ襟《えり》を……」

「当然、今日一番の楽しみだからですな！　行きますぞ若、お覚悟を！」

そう言って、巴は僕の首根っこを掴んで引っ張っていく。

「ちょ、お前！」

「今日は風呂はいいやー、なんて事なかれ！　儂らは許しませんぞ。ええ、許しませんとも！」

「読んだな!?　お前また人の心をだな！」

「読むまでもありませんでした。丸分かりもよいところです！」

ずるずると部屋と露天風呂の狭間《はざま》、脱衣用の小部屋に連れ込まれる。

ふ、風呂ってのはもっとこう、自由で気ままで……うう。

「で、いろはよ。今からお前を剥《む》くわけじゃが。儂は目隠しをすればいいのかのう？　ん？」

「そんな事したって、私達なら見たければ見えますもの。無駄じゃありません？　面倒そうなの着てますし、私がすぱっと剥いてあげますわ」

……いや、見えるのかよ。

なんだそれ。

目隠しが単なるファッションとか、勘弁してくれ。

「あ、澪！　この馬鹿者《ばかもの》が！　〝目隠しをいたしますから〟と言えば、若が二～三度ならお体を洗わせてくれるかもしれなかったものを!!」

「っ!?　なんですって!?　なんですかそのご褒美《ほうび》は！　目隠し、目隠しはどこです！　ああ、ない！　ちょっとゴルゴン達から借りてきます!!」

「……いや、もう聞いたしさ。ってか、目隠ししても気配が分かるから問題ない程度ならともかく、見えるんだね、二人とも。役に立つか知らんけど……覚えとく」

「貴重な手を一つ潰しおって。後で儂が今日まで熟考した秘策をいくつか明かしてやるから、参考にせい、このど阿呆《あほう》」

「だって、そんな事でお許しが出るとは思わないじゃないですか……うう……」

巴に詰め寄られた澪が、素直に謝った。

貴重な光景だ。

「あのあの、わ、私は一日くらいなら頑張ればお風呂を我慢できるのです」

「そうかの」

「はい！」

巴は上着を脱ぎ捨てつつ、ニッコリといろはに笑みを向けた。

「残念、時間切れじゃ。三十分ほど遅かったのう。さて、三秒やる。誰に剥かれたいか選ぶがいい」

こ、酷《こく》な。

いろはちゃんは今、巴に両手で脇の下を持ち上げられている。

逃げようにも不可能だ。

「さーん」

「ふえ!?　ええ、えっと」

「にー」

「あ、ああ、ええ……」

「いーち」

「分か、分かりました。じゃ、じゃあ!!」

恐ろしく理不尽《りふじん》な選択を迫られ、いろはちゃんはついに……。

「ほっほう」

良い笑みを浮かべる巴。
いろはちゃんが誰を選んだのかは、まあ、わざわざ口にする事じゃない。
無意味な衣服の知識が増えたからって……別にどうだっていい。
そう。
世の中、忘れた方が良い事もあるよね。
ただ一つ。
今夜の出来事については絶対の箝口令《かんこうれい》を敷こうと、心に決めた。

◇◆◇◆◇

結論。
子供が一人交ざれば、お風呂から色気なんて消し飛ぶ。
混浴とかより遥かに破壊力がある要素だったな、子供。
おかげさまで僕ものぼせたりせず、無事に入浴を終える事ができた。
……ただ若干とはいえ冷静になると、余裕が出てきて色んなものが見えてくるもので。
やっぱり浮いてた。
うん、二人とも凄い。何がとは言わないけど。

別にそれはね、今特に思い出して大したものだと思っただけで、深夜と呼ぶべきこの時間まで眠れずに横になっていた理由じゃない。

普段なら寝ている時間なのに、未だに目を開けている理由は二つ。大本は一つ。

巴から教えてもらったいろはちゃんの素性《すじょう》について。

そして、彼女の護衛へのフォローについて。

風呂上りにいろはちゃんが寝付いた後、ニコニコしながら教えてくれた巴の顔を思い出す。

「あの娘はカンナオイを治める武家オサカベ家の姫です」

「だろうね」

予想はついていたけど、そのまま正解だった。

いろはちゃんと揉めていた爺やっぽい老齢の男性の名前は、ショウゲツさんだっけ。

彼もカンナオイがどうのと言っていたし……。

そんな名家の人達とトラブルになるのは、正直嬉《うれ》しくない。

ミズハに入っていきなりアウトな事をしたかと、冷や汗ものだった。

「ただし、特に力のある姫君ではありませんな。オサカベ家は大きな家で、姫も若も大量におるようですから」

でもそこはなんとかセーフ。

代わりが沢山いて特に力もないなら、この後のやり方次第で十分仕切り直しができる。

そしてそのためには、姫であるいろはちゃんの機嫌を決定的に損ねない程度に保ちつつ、護衛の人達とちゃんと話をしておかないと。

前者の条件は巴に懐いているようだから、なんとでもなりそう。

だから、後はショウゲツさん達と話をすればいい。

僕達の身元の保証には、彩律さんの手形が使える。

彩律さんの華原《かはら》家《け》とオサカベ家の関係はともかく、効力は見込めると思う。

僕としては、話をする切っ掛けになればそれでいい。

それに、いろはちゃん自体は知らないだろうけど、彩律さんの事だから、クズノハ商会だのライドウだのって名前が有力な家の耳に入るように広めているはずだ。

あの人の性格からして、そのくらいはやらないと僕を国内に入れないと思うんだよ。

つまり、勝機は十分。

巴には悪いんだけど、流石に爆弾を抱えたまま黄門様《こうもんさま》をやるなんて、僕にはちょっと難しい。

さっさと行って、話を済ませてきますか。

僕は既に寝付いているみんなを起こさないように静かに支度を済ませる。

「……やはり、行かれますか」

巴が静かに声をかけてきた。

「起きていたのか」

「周囲を連中が窺《うかが》っております故《ゆえ》。もしここに襲撃など仕掛けてくれるのなら、遊んでやろうかと」

「近くにいるか」

「あれらの姫ですからな。必死で捜索したのでしょうよ。む」

「え」

巴が何かに気付いて視線を横に滑らせる。

げ、襲撃？

一歩遅かったか。

「若、あれを」

「……いろはちゃんの刀か。子供に持たせる守り刀にしては魔力まで帯びた業物《わざもの》だったけど……」

見ると、いろはちゃんの刀が光っていた。

とはいっても、鞘《さや》から漏れる微かなもので、その色合いは蛍《ほたる》を思わせる優しい光だ。

あの子が振り回していた時にも光っていたようだけど、なんのためかね。

「特に悪さをしているわけでもなさそうですが、抜いてみますか」

「澪といろはちゃんを起こすなよ」

「心得ております」

刀を手に取った巴が、苦もなくそれを抜く。

所持する者以外は抜けないという仕掛けはなしか。

ふぅん。

淡い光が刃の側に所々強弱をつけながら纏《まと》わりついている。

刀自体が光っている感じでもないな。

小さな光の粒が沢山重なっているような……っ⁉

「なんでしょうな、これは。放たれる魔力も微弱すぎてどうにも……実戦向きの刀ではないが……芸術品として出来は良い」

「巴、その光の強い場所だけど」

「はい」

「刃こぼれとかしてないか」

「刃こぼれ？　おお、言われてみれば、小さな刃こぼれがありますな」

……まさか『蛍丸《ほたるまる》』？

いやいやいやいや、違うと思う。

蛍丸は戦で刃こぼれした際にひとりでに直ったという伝説を持つ刀だ。その由来を知っていた誰かが、それらしいレプリカを作らせたんだ。

そうに違いない。

大体、アレがこっちの世界にあるわけもないし、子供の守り刀――短刀サイズなはずもない。

僕の勘違いだ。

「そっか。まあ……しまっとけ」

「はぁ、御意《ぎょい》」

巴は僕の様子に首を傾げながらもうなずいた。

「ともかくだ。行ってくる」

「儂としては、ベレン達が合流するくらいまではこのまま、と行きたかったのですが……」

エルダードワーフのベレンは、巴の命《めい》により、僕達とは別ルートからローレルに入っている。

「ダメ。行ってきます」

「若がそう仰《おっしゃ》るのでしたら、致し方ありません。是非《ぜひ》、全力で亀裂を断崖《だんがい》になさって――」

「この後に何があるかも分からないんだぞ？　無駄にトラブルは増やさなくていいんだって」

「でありますか。御意。思うていたよりもこのローレルは楽しめそうな国ですし、ここは譲りましょう」

「はいはい」

実際、迷宮が待っている。

それにフツ。

闇を司《つかさど》る影竜《えいりゅう》だという。

学園都市ロッツガルドじゃ名前も聞かなかった竜だってのに、ローレルだと結構知っている人が多いんだよな。
どういった存在か、まるで分からない。
あのルトの口からも名前を聞いた事がない。
かといって、あいつのところに聞きに戻るのも手間だ。
講義で学園を訪れる日でも十分に間に合う。
今は、どちらにしてもショウゲツさんが一番だ。
巴の話だと、この宿を見張っているようだし、全員無事なはず。
僕が一人で宿から出れば接触してくるのは確実だ。
この際、彼らに襲われるのは仕方ない。
いつもの事だ。

◇◆◇◆◇

たとえばだ。
釣りのゲームに『深澄真』ってルアーがあったとする。
ばくばく食いつかれて、すぐにボロボロにされるね。
引きが強いから、きっとレアリティは一番上だね。

あるいはエンカウント制のＲＰＧに『深澄真』ってアクセサリがあったとする。

その効果は、面倒だったり厄介だったりする敵とのエンカウント率に限って爆上げだね。

レアリティはともかく……ストレス源としてゴミ扱いだろうな。

つまり、だ。

宿を出た僕は、ショウゲツさん達に襲ってもらうまでに実に二桁を超える襲撃を受けた。

大きな街でも――いや、それなり以上の街だからこそ、深夜の一人歩きには危険が伴《ともな》うって事でもある。

その上、僕はミズハで一番の宿からふらふら出てきているわけで。

はははは、自業自得《じごうじとく》でもあるのはよく分かっている。

それでも！

もっと早く襲ってこいよ、お前ら！

ほんの少しそう思ったのは、ご愛嬌《あいきょう》だと思う。

「どこの家の者か！」

いろはちゃんの護衛らしき人達が僕に尋ねた。

「深澄家の者です」

試しに言ってみた。

もしこの国に同じ家名の人がいたら、大事な場面で下手に名乗って面倒な事になってもアレだし。

仮に同じ家名があると不都合だと彩律さんに訴えたとして、流石に彼女のパワーでも、一つの家をそんな理由で改名させるのは無理だろう。

「ミスミ?」

「……いや、聞いた事がない」

「儂も知らぬな」

護衛の女性二人とお爺さんが首を傾げ、その他のお付きの女中風の二人も首を横に振る。

この様子なら、普通に名乗っても問題ないな。

使われていなさそうな家屋の一つに引きずり込まれた僕は、椅子に縛られて広めの部屋の中央に置かれた。

そこは窓のない部屋だった。

「何故いろは様を攫《さら》った?」

僕への尋問はアカシさんという護衛の女性が担当するようだった。

ユヅキさんという女性もすぐ傍《そば》に控えていて、ショウゲツさんや女中さん達は彼女達のやや後方に控えていた。

「それは……連れの一人が、皆さんが子供を誘拐しようとしている悪者だと勘違いしまして……」

僕が答えると、ショウゲツさんが口を挟んできた。

「あれは事情があっての事で、そちらが思い違いをしていると、あの場で儂は話したつもりじゃぞ？」

「ええ。そのようですね。あ、皆さん火傷《やけど》は大丈夫でした？」

「っ！　お前に案じてもらう事では――」

「……大丈夫よ。治療は済んでいるわ」

アカシさんはお怒りのようだけど、ユヅキさんが表面上は静かに答えてくれた。

「それは良かった。もし痕《あと》になっていたら治療を、と思っていましたから」

女性が多いから、密《ひそ》かに気になっていたんだ。

「……で、お主。いろは様は返してもらえるんじゃろうな」

ショウゲツさんが静かに聞いてきた。

「もちろん、我々にあのお姫様を傷つけるつもりなどありませんよ」

『!?』

息を呑む三人に構わず、僕は続ける。

「――で、こう言っちゃうと最初の質問に近い〝お前は何者だ〟に戻ると思うんで……あ、アカシさん。僕の上着の左の内ポケットを見てもらえます？」

「っ、先ほど見て何もなかった場所をもう一度探れと言うのか、お前は!?」

アカシさんとユヅキさんには縛られる前に散々体中をまさぐられた。

コートは僕じゃないとボタンも留められない特注品なんで、不便な思いをさせた。

「いや、僕も商人をやっていますので、一応見られたくない物も多少あります。さっきは二人がかりで全身まさぐられたんで、流石に……ねえ」

「誰が好き好んでまさぐるか!!」

「……アカシ、交代。左側の内ポケットね……」

苛立《いらだ》つアカシさんに代わってポケットに手を突っ込んだユヅキさんが、手元を魔術で光らせて手形を詳しく見る。

「これ、手形？」

「はい、身元保証になるかと」

「ちょっと、これ……」

ユヅキさんは理知的で話が分かる。

一方、アカシさんは直情的なので、敵視されている状態だと会話が成立し難い。

普通この状況だと、ユヅキさんの方が良いなと思うところだろうが……僕的にはアカシさんの方が好印象だ。

裏表がなさそうだなと、その一点だけでそう思う。

割と僕も重症かもしれない。

「ショウゲツ様」

ユヅキさんがショウゲツさんに手形を渡す。

「うむ。なに？　華原の紋⁉　それにこの形状……最大限の便宜《べんぎ》じゃと……」

やっぱり効果は抜群だ。

ローレルの有力者が外からの客に持たせた手形なわけだから、外交的な効果も期待できる。

領主とか貴族とか武家ってのは、こういうのに弱い。

弱いというか、ちゃんと対応する。

「裏の名は……彩律本人っ。まさか……」

「ショウゲツ様？」

「アカシ、ユヅキ。縄を解《と》きなさい」

ショウゲツさんに命じられ、ユヅキさんとアカシさんが抗議の声を上げる。

「な、なんでですか‼」

「その手形だけで縄を解く事はできません。こちらはいろは様を連れ去られております！」

「その方はライドウ殿。……賢人であらせられる」

『――⁉』

この場の全員に緊張が走った。

賢人だと断言された？

そういえば、ミズハに入る時の兵士も、手形を見た瞬間に態度が変わった。

僕の見た目だけでそう確信されるだろうか。

しかし、少なくとも僕はさっきまで、目の前にいるアカシさんとユヅキさんにはそこそこ手荒に扱われていた。

つまり容姿が酷《ひど》い――もとい、ある程度特徴的なだけでは、賢人とは特定できないはずだよな。

あの兵士とショウゲツさんの共通点。

……。

手形を見た。

だけどそれはユヅキさんもか。

いや、見たってだけなら、僕も巴も澪もだ。僕ら三人とも、その手形から僕が賢人だって情報は読み取れなかった。

って事は。

「手形に、賢人と推察されるか、そう特定されている旨の情報が密かに刻まれてる？」

手形を確認するような役職の人にしか分からない部分に。

それが一番ありそうだな。

「ご推察の通り。それに、貴殿がクズノハ商会のライドウ殿とは。確かに、あの女狐《めぎつね》の名だけならどうしたかは分からんが。これはどうにも互いに不幸な勘違いをした結果と見るほかない」

ショウゲツさんは大きく息を吐いて、僕に向かって笑みを作る。

穏やかな笑みだ。

最初の和解は成った、かな。

それにしても、くそ、あの手形。何気《なにげ》に僕を賢人扱いするようにできているんじゃないか。

これも傭兵団に向けた彩律さんの仕込み？

ただの亜人っぽい人になるよりは賢人と見られた方が大事に扱ってもらえるわけで、僕にそこまでデメリットがないのがまた嫌らしい。

「オレは納得できてませんけど！」

「私もまだ。賢人様が刺客《しかく》に仕立てられるほど、いろは様が世間の注目を集めているわけではないのは承知しておりますけれど……」

アカシさんとユヅキさんは未だ警戒の雰囲気《ふんいき》が濃い。

女中さんもどちらかというとダメそうだ。

ショウゲツさんだけが色々分かっていて、僕に手を出すのをやめた雰囲気。

「形式のみのものに過ぎんが、儂にも一応通達は届いておった。近いうちにヤソカツイの大迷宮に潜《もぐ》る商会が行くから、その一行が華原家の手形を持っていたら協力するようにとな」

「まさにそれが僕らです」

「でしょうな。アカシ、ユヅキ！」

「分かりました！」

「……承知いたしました」

ショウゲツさんの強い口調もあって、僕はようやく自由の身。

だが、二人とも不満ありありのご様子で、返事の〝だ〟がやけに強かった。

しかし、ひとまず手形も返してもらえた。

まああれか。この国にいる間くらい、賢人扱いされても別にいいのか。

むきになって否定するのも面倒……はっ！

まさか、ここまでが彩律さんの狙いか？

いや、よそう。

あんまり考え込んでもドツボにはまる。

「何分、こちらも色々と大変な時期でして。過剰な対応になった事、許されよ」

「こちらこそ。いろは様はゆっくりお休みになっていますので、ご心配なく」

「では明日にも……ふむ、いや」

よし、ばっちり問題解決。

こうだよな。

大きくなるまで問題を抱え込んでも。なんにも良い事なんてないんだよ。

若いうちはその限度ってものがよく分かってないんですよ。

これぞ成長。

「ええ。明朝、あの子にも誤解があった事を」

「ライドウ殿」

僕が話を締めようとしたところ、ショウゲツさんが待ったをかけた。

「はい？」

なんぞ？

「ちと、お話がございます。このような時間に出てこられた事、元々我々に時間を割くおつもりであったという解釈で、問題はございませんな？」

「それは、もちろんですが。あの、話は先ほどまとまったかと……」

「実は、いろは様が今ミズハにおられるのには、内々の事情がありましてな」

『ショウゲツ様!?』

ショウゲツさんが語り出し、他の四人が驚きの表情で見つめる。

巴の呪いの言葉を思い出す。

亀裂を断崖とかなんとか……いや、思い出さない。

思い出したくない。

成長、成長が……！

歯噛《はが》みする僕をよそに、ショウゲツさんが話を続ける。

「なに、ライドウ殿といろは様も全くの無関係というわけではございません。イズモ様は貴方の教え子、そうですな？」

『⁉』

「……」

エー。

イズモって……今度はそんな薄いとこを引くのー？

これで迷宮に潜るのがチャラになるってんならともかく！

一方的に厄介事が増えるばかりだろうが‼

わ、笑えない。

イズモなんて、これまで特に問題もなかった子でコレだもんな。

無意識のうちに、僕の生徒達の顔が次々と浮かんでくる。

このままだとジン……は今のところ思い当たる事ないし、アベリアは……まあ、識絡みなら僕の出番はないか。

ミスラは神殿関連？　一番嫌なとこだな。

ダエナだと……夫婦問題？　よそでお願いします。

シフとユーノのレンブラント姉妹の問題は、もう済んだよな。

かといって、ジンとアベリアも、まだ何か爆弾を抱えている可能性もなきにしもあらずか。

それにしても、イズモ＝イクサベね……。

そっか、いろはちゃんが、あいつの許婚《いいなづけ》か。

歳の差とか、本当に何も考えていないんだな。

爺さん同士の茶飲み話で、お互いの家で次に生まれた子を結婚させようとか決めていそうな……。

ええ、話くらいは聞きますけど。

僕が関わるんです。

望んでいるような円満解決になるとは……限らないんだからな‼

2

僕がローレル連邦について知っている事は、実はあまりない。

大陸の中にありながら、山脈によって周囲とやや隔離されている事や、日本人を賢人と呼んで慕《した》っている事、それによって独自の文化を持っている国という事。

成り立ちなんかも大雑把《おおざっぱ》に知っているだけ。

あとは……漢字を賢人文字《けんじんもじ》なんて名前で実際に使っている辺り、日本人の影響はそれなりに大きいんだろうと思う。

でもここは女神の世界。

僕がよく知っていると言えるローレルの人は、生徒のイズモとお偉いさんの彩律さんだけど、二人とも日本人の顔立ちとは大分違う。

大きな括《くく》りなら白人や黒人よりは黄色人種寄りの容姿に見えるけど、中東、東南アジア、それに日本人、結構色んな要素が混じった雰囲気もあるような……。

より日本人要素が強いという意味では、彩律さんも含め、凄く僕好みの外見をした人が多くて、自《おの》ずと……ついつい二度見してしまう回数も増えてる。

こっちの世界に慣れて、美形は腐るほど見てきたのに、最果ての絶野《ぜつや》やツィーゲに到着した頃に戻ったみたいだった。

「――といった事情もありまして、我々にもピリピリした空気が流れていた時だったのです」

ただ、さ。

国として日本をどの程度参考にしているかなんて、外側からじゃ詳しくは分からない。

この国――ローレル連邦は、巴が好きな江戸時代の日本と、近代現代の日本の間で妙な融合を果たしている状況にあった。

江戸後期とも言えず、かといって初期中期ほど殺伐《さつばつ》ともせず、明治初期のような外の文化を大量に受け入れ始めて進む方向を決めかねている……そんな雰囲気も感じた。

間違いなく言えるのは、かつてなく日本の要素満載な国だという事。

この間、リミアの勇者である響先輩《ひびきせんぱい》もローレルに来ていたようだし、多分彼女も懐かしく感じたところ、あったんじゃないかな。

ここミズハも、街並みや食べ物など、外国の人が一度も日本を訪れずに聞きかじった日本文化のテーマパークを造ってみた、的なところがある。

僕はそんなミズハを面白いと思っている。

これから行くカンナオイも、道中の他の街も楽しみだったりする。

なのに、目の前のご老人がそれはもう気の萎《な》える話をしてくださっているというわけだ。

「……ライドウ殿？　イズモ様の講師を務めておられるライドウ殿？　いろは様の許婚、イクサベ＝イズモ様の――」

「聞こえてます。聞いてますすよ」

……。

ショウゲツさんの話は厄介事の臭いがほのかに――どころか、全部それだった。

聞いているだけで耳が腐りそうなほどに。

端的《たんてき》に言えば、いろはちゃんの家――オサカベ家でにわかに慌《あわ》ただしくなったお家騒動。

お世継ぎが……ってやつ。

巴の大好物な時代劇的シチュエーションそのものである。

だからあいつ、一瞬で首を突っ込む事に決めたんだろうな。

行き先もそのまんまカンナオイ。

ヤソカツイの大迷宮は、領地の特産物なんかの利権が絡む感じで、なんとか屋と、なんとか奉《ぶ》行《ぎょう》と、幕府のなんとか様の出番になりそうだ。

地元の殿様のポジションは……この場合、オサカベの当主とかか？

ショウゲツさんの話では、病《やまい》に臥《ふ》せっていて余命幾許《いくばく》もないらしいから、これもある意味ぴったりか。

オサカベ家は今、実権を握《にぎ》る若君姫君を旗頭《はたがしら》にする派閥《はばつ》と、その中に入れず、もしくは入らずに後のお家の集権の邪魔になると判断されて命を狙われている若君姫君の派閥に割れているらしい。

まんま一話分、もしくはスペシャル一回分で描かれそうな状況である。

立場も分かったし、もうあんたは巻き込まれているんだぜ、とショウゲツさんの目も語っている。

逃げるってコマンドもあるにはあるけど、この場合は巴が後ろに回り込むからな。

RPG名物、無限に続く王様のお願いしかり。

実質、関わるしかない。

僕らがカンナオイを訪れるタイミングがお家騒動の真っ最中というのが、偶然か、あるいは誰かの意図によるものかはともかく。

片が付くまで悠長《ゆうちょう》に待っていたら、ツィーゲの独立騒動も終わっているだろう。

「いろは様はイクサベの家の血を招き、関係を深めるお役目を担っておられます」

……担う、じゃないだろ。

一方的に背負わせているだけだ。

幼い頃に結婚相手を決める事でね。

ただ結婚を政治に使うのは、ローレルに限らず、いつの時代、どの国でもある話だ。冷静になれば、それを責めるべきじゃない。

歴史の中で、恐らく僕がその例のほとんどを知らないだけで、現代でもきっとこういう事は続いている。そう考えると、地球と異世界の共通点……いや、人類共通なんだろうな。

親戚になるってのは、お互いを信用する――同じ陣営に加わる上で、シンプルだけど強力な意味があるわけだし。

庶民の感覚だけで考えるのは違っている。

結婚は恋愛の末が一番っていう価値観が根底にあるから、どうも違和感を覚えてしまう。とはいえ、あくまでも僕が感じているのは、現代日本人の常識や普通、だからなぁ。

「イズモの許婚ですもんね。しかも嫁入りじゃなくて婿取《むこと》り、と」

お姫様の許婚っていうと、これもつい嫁入りの方を想像しちゃうんだけれど、当然逆もある。

「いわば両家の間にある永の諍《いさか》いを穏やかに終結させるための一手。殿の平和を願う想いそのものです」

「結婚で諍いを収める。融和というか、同化を狙うって事ですか」

なんとも気が長い。

そもそもイクサベがナオイに、オサカベがカンナオイに領地を持つ以上、一組の婚礼が何かを劇的に変えるとは思えない。

一族の中には、それぞれの領地や血筋といった〝今の構造〟を守ろうとする人達だって少なからずいるはずだ。

「いろは様の他にも何組もの婚姻が約束されておりましたが、殿が病を患《わずら》った途端《とたん》に、これをよく思わぬ者どもが妨害《ぼうがい》に乗り出したのです」

「それでいろは……様も、お命を狙われていると」

本当に命まで狙われているんだろうか。

ミズハはカンナオイからそれなりに離れている。

暗殺のターゲットにまでなっているのなら、こんな所まで出歩くのは不用心に思える。

「ええ。それ故、今回の姫様の行動には、我々も頭を抱えております。既に七名の姫君が曲者《くせもの》の手にかかっているというのに、この時期に検地など……」

「……」

さらに、ショウゲツさんがぼそっととんでもない事を言った。

わざわざお部屋を脱出の上、家出までなされて、と。

検地云々の後にこっそり言ったのを、僕は聞き逃さなかった。

あの姫様、随分《ずいぶん》と行動力があるんだな。

露天風呂で泳ぐような娘だ、いわゆるお姫様とはちょっと違うって事か。

しかしかなり距離がある家出なんだけど？

この人達も、幼女の家出にどこまで振り回されているんだか。

「ですが、この地で偶然にもカンナオイを目指すライドウ殿達にお会いする事ができたのは、不幸中の幸《さいわ》い。これも精霊様と賢人様のお導きというものでしょうな」

機嫌良さそうに僕らを味方認定しているのは、ショウゲツさん一人だけ。

アカシさんとユヅキさんの目は僕をまだまだ信用してない。

女中さんズは特に感情も見せずに控えているだけで、会話に参加してくる気配もない。

「カンナオイまでご一緒するのは特に問題ありませんが……僕らも商談で迷宮に赴《おもむ》く身でして、そちらが望まれるようなご協力はあまりできないかと……」

ちゃんと予防線は張っておく。

こっちの目的と両立できる範囲までなら多少の面倒事は構わないけど、向こうの都合を優先して迷宮に行くのを後回しにはできない。

ツィーゲのために動いているのが、僕らがローレルに来た一番の理由だ。

そこは忘れちゃいけない。

「構いませんとも。ライドウ殿にはいろは様をお連れになってカンナオイを目指していただければ、それでいい。儂らがいろは様の影を用いて囮《おとり》を務めます故、その間に隠《かく》れ蓑《みの》となって、目立たずいろは様を――」

と、ショウゲツさんが言いかけたところで――

「何奴っ!?」

ユヅキさんが叫《さけ》んで構えを取った。

ここに窓はない。

出入り口にも気配はない。

なら……上か。

天井裏。

三人だ。

だったら……と、僕が考えはじめた時、轟音《ごうおん》とともに前方の天井の一部が崩れた。

見つかって逃げるどころか、攻め込んできたか。

大胆だ。あるいは。最初から襲撃のタイミングを見計らっていた？

今の僕は、既に縄を解かれて自由の身。

相手を確認する。

崩れた天井のせいで埃が舞う中、武装した影が俊敏《しゅんびん》に動く。

顔を布で隠してはいるが、闇夜に紛《まぎ》れる黒装束《くろしょうぞく》ではなく、明らかに武装している。

最初から流血沙汰《りゅうけつざた》を望んでいる連中だったみたいだ。

三人それぞれがショウゲツさん一派に襲い掛かった。

「アカシ‼」

「分かってる、爺様と女どもは任せた‼」

こちらの護衛二人も優秀で、すぐに行動を開始する。

どうやらアカシさんが刺客を二人相手取って、ユヅキさんはショウゲツさん達のガードに回るようだ。

相手の存在に気が付いたとはいえ、狭い室内での奇襲なのに、混乱がない。

巴とやった時には分からなかったけど、この二人、場慣れしているし、連携も上手だ。

うーん。

これは僕が手を出すまでもなく終わるかな。

襲ってきた連中は念話を使っていなかった。

僕の周囲でやれば念話は傍受できるから、それは確実に言える。

盗聴なら任せてください。周囲三キロまでの念話なら全部やれます。

歩く盗聴器って認識されるのは色々嫌なんで……絶対誰にも言わないけど。

……待てよ。何かおかしい。

なんで逃走じゃなくて奇襲してきたんだ？

いろはちゃんが目当てなら、囮がいるって情報を仲間に知らせる事ができるかどうかはかなり重要なはず。

今の彼女の居場所を特定し得る情報を掴んだのに、念話をせずに襲撃を選ぶとしたら、連中の目的は……。

間一髪《かんいっぱつ》、思考が状況に先行して、その可能性に行き着いた。

「おらあ！　鍛《きた》えた腕があるなら、オレのとこに来な！　来なけりゃこっちから……って、何ぃ!?」

「武器持たぬ者を狙う下衆《げす》は、私がお相手……あら？」

アカシさんとユヅキさんが揃って驚きの声を上げた。

ショウゲツさん達を狙うと見せた連中の動きはフェイント。

三人が三人とも、座ったまま状況を目で追っていた僕の方に向かってきた。

なんでかな。

どう考えても僕はまだ準部外者だろ？

狙うなら最後じゃないのかと。

三人が三方向から一糸乱れぬ高度な連携で同時に攻撃態勢に移っていく。

かなりレベルが高い。

ローレルは間者のレベルが高いなんて、聞いた事もないのに。

そういうのに長けているのはアイオン王国だ。そのアイオンの間者《かんじゃ》をここのところ相手にしてきた僕でも、この三人のこなれた動きには驚いた。

これ……暗殺者の動きだ。

「シャープステップ」

「ディタ・コンヴィーク」

「リンガルテンプ」

刺客三人が同時にスキルを発動させた。

加速、攻撃力増加プラス確率即死付与、痛覚麻痺《つうかくまひ》。

どれもパーティ全員に効果あり。

闇盗賊《やみとうぞく》とその上位職の一つ、無影《むえい》のスキル。

ツィーゲの知り合いがかつてその闇盗賊だったから、どのスキルも効果は分かった。

盗賊、暗殺者のどちらにしても、その上級に位置する職の三人が、何がなんでも僕を殺しにきている。

多方向からの同時攻撃は達人でも捌《さば》くのが難しいってよく言うけど、ファンタジーの世界では魔術がある。

『っ』

どの短剣も僕まで届く事はなく、僕を包む『魔力体《まりょくたい》』に阻まれた。

多少のエンチャントが加わった程度で、魔力体が破られる事はない。

「な、なんだぁ!?」

アカシさんが叫んだ。刺客が僕に襲いかかった事や、その攻撃が通らずに止まった事なんかに、まとめて驚いている。

ああ、やっぱこの中だとこの人が一番好きかも。

刺客達から話を聞くには痛覚麻痺が面倒だから、まずはその解除が必要か。

「せっかくのスキルだけど、解除させせ――」

あ、聞く必要ないな。

この刺客達の目……そういう事か。

「人形か、可哀想《かわいそう》に」

つい言葉が漏れた。

三人の刺客は全員、若い娘さん達だった。

その目は濃い魔力で濁《にご》っていて、強く探るまでもなく、全身がそれに侵されている。

僕はこれを知っている。

〝あいつ〟の力だ。

グリトニア帝国の勇者、岩橋智樹《いわはしともき》。

「……勇者様の御為《おんため》に」

「お前は智樹様の敵」

「ライドウ、必ず殺すの」

命令と暴走……どこまでが本当に智樹の命令で、どこからが彼女達の暴走か。

それは分からない。

もう、どうでもいい事だ。

その気で全力を出せば相応に強いだろうに、まるで機械のように正確で、冷酷で、〝味気ない〟攻撃。

智樹の奴、変わっていないのか……。

「仕方ないか」

「……え？」

ユヅキさんが僕の気持ちの変化に気付いたのか、それとも他の何かに反応したのか、予想外といった声を漏らした。

タイミングからすると、行為を見ての言葉って線もあるな。

勘が良さそうな人だけに、判別し難い。

僕は右手側の刺客の首筋《くびすじ》を隠蔽《いんぺい》した魔力体で捕らえ、そのまま折った。

左側の刺客は同様に頭を掴んで壁で潰した。

正面の刺客は、幸い射線上に誰もいなかったから、ブリッドを三点連射して胸を貫通させた。

三角形の頂点を大きめの丸が三つ、そんな図形の風穴が向こうの景色を見せる。

三人とも、もう動く気配はない。

悲鳴がなかったのは静かでいい。時間も遅いし。

智樹までローレルで何か悪さをしているなら、適度にぶっ壊しておくのも悪くはないかもな。

話とか……今更あいつとはないわぁ。

もう一回阿呆な交渉してきたら、その時点で帝国を敵に回してもいいかなって思っている。

イズモからいろはちゃんの筋《すじ》で巻き込まれたのかと思ったら、まさかの智樹陰謀《いんぼう》パターンの疑い

もあり、か。

本当にやれやれな。

「あ、う」

見ると、ショウゲツさん達が固まっていた。

「あ、すみません。僕が片付けたらまずかったですか？　刺客のようでしたけど」

一応智樹、帝国の干渉云々はまだ伏せておく。

どの程度の干渉なのか、確かな情報が欲しい。

これは持ち帰って、巴から別動隊の皆さんに情報を流してもらえればいいや。

「かなりの、使い手だったと思うのですが……」

「ああ、まあそこそこでしたね。ただ、僕もそれなりの修羅場《しゅらば》は潜《くぐ》っていますので、この程度なら何人いようと問題ありませんよ。現役なんで」

一人は頭を潰しちゃったからアレだけど、残りの二人の顔は一応拝んでおこうかな。

僕は一人目と三人目の顔の布を剥ぎ取った。

……ん？

まさかの……どこかで見たような……。

あ、ああ、前に智樹が巴の代わりだとか言って、僕に寄越《よこ》そうとした女の子達だ！

って事は、もう一人もそれか。

はー、あの後ローレルに派遣されていたとは。

可哀想に。

一応手を合わせておく。

来世では僕や智樹に関わらないようにね、と。

「見覚えでもあるのかよ？」

未だ戦いの興奮の中にあるのか、アカシさんが荒ぶる口調で聞いてきた。

「ありません。ただ戦いで生き死にはつきものですが、終わった後に手を合わせるくらい、別にしてもいいでしょう？」

少しだけ嘘《うそ》だ。

顔だけは知っていた相手だから、なんとなく手を合わせた。

それが真相。

多少は僕を評価してくれたのか、アカシさんが態度を和《やわ》らげた。

「まあ、あんたの自由だわな。……その、悪かったな。どうも商人って人種が好きになれないんだ、オレは。でも、あんたがそこらの商人じゃないってのは分かった。だから、短い間かもしれないが、よ、よろしく」

「こちらこそ、よろしくお願いします」

「……一切の気質の変化もなく、顔色一つ変えずに手練《てだ》れの暗殺者を始末する。貴方の職がなんであれ、とてつもなく恐ろしいものを見せていただきました。以後、態度には気をつけます」

「それほどでも。僕は多少荒事に慣れているだけの商人ですから」

ユヅキさんも同様に……って、顔が青ざめている。これは評価なんだろうか。

態度には気を付けてくれるんだし、細かい事は気にしたら負けだな、うん。

ショウゲツさんは目を見開いている。

女中さん達はかなり顔色が悪い。

単に話を聞く必要もない敵を排除しただけなのに。

まったく、大袈裟《おおげさ》だ。

まあ、これでなんとか、ショウゲツさんやいろはちゃんの方は丸く収まりそうだ。

巴の話だと、ウチの別動隊とも、カンナオイで合流するはずだったな。

なら、そこで情報交換か。

確かベレンは古巣がどうとかって言って山の方に行って、あとアルケーと森鬼《もりおに》っていう珍しいコンビが、ヤソカツイの渓谷とカンナオイ周辺を調査してくれているらしい。

あっちはどうなっているんだろうな。

◇◆◇◆◇

「いや、参ったねー。あの男、とんでもない手練れじゃねえか」

三つの骸《むくろ》に視線を投げ、剣を収めたアカシが頭を掻く。

「うむ。当面、いろは様は儂らとおるより、ライドウ殿に預かってもらった方が安全であろう。その間にこちらで刺客を炙《あぶ》り出《だ》して始末すれば、カンナオイに戻る頃には万事解決できよう」

ショウゲツの言葉を聞き、アカシが肩を竦《すく》める。

「子守りの次は釣《つ》り餌《えさ》。最近忙しすぎるぜ、ほんと」

「そう言うでない」

「へいへい」

アカシは彼女の上役であろうショウゲツと、あまり丁寧《ていねい》でない言葉でやり取りを交わす。

ただそこに逆らう意図などはなく、命令や方針についてはしっかり受け入れているようだ。

口調はともかく、関係は良好だと窺える。

「ねい。すまぬが、いろは様の影武者を頼むぞ」

「御意」

ショウゲツが命じると、並んでいた女中のうち左に控えていた一人が、返事とともに身を翻《ひるがえ》す。

その姿は一瞬で姫の衣装を纏ったいろはその人に変じる。

見事な変身だった。

一連の手慣れた様子から、ねいと呼ばれた女中にとっては、その役割が――イレギュラーではあろうが——初めてのものではないと分かる。

「……」

ライドウが去った後、ユヅキは口元に手を当てたまま、一言も発していない。そんな相棒に、アカシが尋ねた。

「どうしたんだよ、ユヅキ。あいつを見送ってから、つうかあいつが刺客を始末してから、何か変だぞ？」

元々口数が多い方ではないユヅキだが、今回の沈黙は何か不自然だとアカシには感じられたようだ。

「少し、突っかかるような言い方もしておったな。彼の立場については一応明らかにしたつもりじゃが、不足でもあったか？」

アカシに続いて、ショウゲツもユヅキに尋ねた。

少なくとも現段階で、ライドウは彼らにとっては有益な人物であり、良好な関係を築く事は重要だった。

にもかかわらず、ユヅキの態度はライドウに対してあまり柔らかなものではない。普段ならアカシよりも先に状況に適応するユヅキにしては、やはりおかしな態度だった。

二人に追及され、ようやく彼女は口を開いた。

「二人はこの刺客どもとライドウ殿を見ていて……何も感じませんでしたか？」

「何もって。オレはさっきも言ったけど、ありゃただもんじゃねえなって。刺客も猫かぶってやがったな。正直、こっちに来られてたらまずかったかも、とは思った」

弱腰なアカシの発言を聞き、ショウゲツが眉をひそめる。

「アカシ、お前はそれでもいろは様の護衛か！　あんな刺客三人程度、一人でなんとかせい！　大体、近頃の若い者は修業が足りん。どいつもこいつも小手先の技ばかりに逃げよる――」

近頃の……とショウゲツが口にした辺りから、アカシが始まってしまったとばかりにため息を一つ。

ユヅキも神妙な表情はそのままに、だが僅かに苦笑を、その口元に浮かべた。

「ショウゲツ様。もちろん修業は、今後も欠かしたりしませんが、今回はアカシの言葉にも一理あるのです」

「ユヅキ！　お前までそのような事を申すか！」

「この三人、相当の腕です。気配と実力を隠す隠密《おんみつ》の技も身につけていました。ライドウ殿だからあのように対処できたのでしょうが……私達では一対一だとしてもなんとか押さえ込めるかどうか」

ユヅキは話を進めるにつれ、再び考え込むように口を閉じた。

「何を言う。それではお前達に一人足してもライドウ殿を五秒と押さえられんではないか。仮にもカンナオイの姫を守る任に就く者が、情けない事を申すな」

「……」

「……」

ショウゲツに指摘され、アカシとユヅキは黙り込んでしまう。

「アカシ、ユヅキ？」

「……その通りだよ、爺さん。オレらじゃ、パーティを組んでも軍隊で挑んでも、多分ライドウは止められない。言っとくけど、オレらが継承権第十何位の姫様の護衛レベルだから、とかじゃねぇよ。完全に格が違う。カンナオイ――いや、ローレルの総力でもどうかってなもんだよ、あれは」

「ショウゲツ様。あの者の力はロッツガルドの臨時講師などというレベルではありません。アカシの言葉も嘘ではなく本心でしょう。私も、同意見です」

アカシとユヅキが首を横に振りながらショウゲツに応じた。

どうにもならない。二人ともそんな顔をしていた。

「確かに見事な手際《てぎわ》ではあったが……それほどの気勢も感じられんかった……儂もそれなりに強者は見てきたもんじゃが、うむー……」

「ありゃあ、実際剣を交えて終わっちまった後、死ぬ間際《まぎわ》に気付く感じっすよ。あ、戦っちゃダメな奴だった、って」

「この刺客、三人ともレベルが３００を超える傑物《けつぶつ》のはず」

アカシとユヅキの言葉を聞き、ショウゲツが顔を引きつらせる。

「っ!?　さんびゃ、何を馬鹿な……」

「ほい、冒険者ギルドのカード。げ、もっと上だぜ、ユヅキ。無影とか初めて見た」

アカシが三人のうちの一人の胸元からカードを探り出し、ショウゲツに渡す。

そこにはレベル420と刻まれていた。

職業欄には、無影とある。

ライドウが予測した通りの結果だった。

「420……。国の英雄クラスではないか。何故、このような剛《ごう》の者《もの》がいろは様を……」

「その気になれば、どんな若様姫様も暗殺できる力量を持っています。いえ、正しく述べるなら、無影の高みに至った者が徒党を組んだり、暗殺者に落ちたりする事は滅多《めった》にありません。闇盗賊から上は、完全に冒険者として英雄を目指す者のジョブですよ」

「名も、きちんとした家名まで刻まれ、紋章も……。これはもしやグリトニアの、しかも貴族か?」

「そこまで私には分かりませぬ。正直、同じレベルの刺客が二人以上現れれば、私達二人だけでは手の打ちようがありません」

「此度《こたび》の内憂《ないゆう》、まさか外患《がいかん》まで混ざり込んでおると……」

「外患……」

オサカベの姫であるいろはは、確かに刺客に狙われうる。

現状では十分に考えられる事だった。

しかし刺客にも、狙う対象に応じた相応の格というものがある。

レベル420などというのは、暗殺者としては、実在するなら間違いなく最高峰に位置する。

それこそ、リミア王国やグリトニア帝国といった大国の主要人物を確実に狙う時に動いてもおかしくない者達だ。

間違ってもローレルの有力貴族程度の、それも後を継ぐ可能性が低い末席の幼い姫を殺すのに使う暗殺者ではない。

「あ、それでユヅキは黙り込んでいたわけか。いろは様が――ってか、オレらもだけど。予想外の陰謀に巻き込まれてんじゃねえかって事ね」

アカシが得心した様子で、ぽんっと握り拳《こぶし》で手のひらを打った。

しかしユヅキは首を横に振る。

「違うわ」

「へ？　違うのか？」

「300どころか400超えだったのは驚いたし、無影とか、下手したらドラゴンを相手に暗殺スキルを決めるような化け物じゃないの、とも思ったけど。それも小さい事よ、今は」

「小さいかなあ？　オレは結構大事《おおごと》だと思うんだけどなあ。ドラゴン暗殺とか、上手く宣伝したら士官なんてよりどりみどりだぜ？」

「あの男――ライドウに比べたら小さい事って意味ね」

「ライドウね。そんなに問題じゃないと思うよ、オレ。結構話せる奴だったし、味方なら強いのも頼もしい。大体、無影を瞬殺だぜ？　凄《すげ》えじゃん。あんまし簡単に殺《や》るから、おかげでショウゲツ爺さんに怒られる羽目になったけど」

「む……」

アカシの視線にショウゲツが口をつぐむ。

流石に冒険者カードを見てしまった以上、アカシを説教する事もできない。

いかに容易《たやす》く払拭《ふっしょく》された脅威《きょうい》とはいえ、本来なら皆殺しになっていても不思議はなかったと、今ならば彼にも分かるからだった。

「その、ショウゲツ様の誤解の原因になったものが、問題なのよ……」

「どういう事じゃ？」

ショウゲツがアカシの視線から逃げるようにユヅキに問いかける。

「あまりにも容易く、ライドウはこの三人を片付けました。それだけなら強者が力を揮ったというだけですが」

「ふむ」

「ショウゲツ様は彼にそれほどの力を感じておられませんでした。……それは私も同じですが」

「確かに、強者が放つ独特の気配というか気勢というか……そういうものを感じはせなんだな。商人もしておられるようだから、それ故かとも思ったが、もしや隠密の技の類《たぐい》かの」

「ええ。力量については何か特殊な手段で隠蔽していると考えるべきでしょう。実際、彼は魔術で戦ったと見ましたが、術の気配や前兆なども一切感じませんでしたから」

「確かに。言われてみれば、彼自身の魔力が如何《いか》ほどかも、さっぱり見て取れなんだ」

「だから我々の目には〝ロッツガルド学園で講師をしている、そこそこ強いらしい商人のライドウ殿が三人の刺客に対処した〟と見えてしまったのです。そのあまりにも高い隠蔽能力が、私が感じた恐怖の一つです」

「恐怖か……」

ショウゲツが複雑な表情を浮かべた。

ライドウとの協力関係を構築したばかりだというのに、早速こちらの陣営に彼へのマイナス感情を抱く者が現れてしまったのを、良く思わぬが故の表情だった。

「そしてもう一つが、思わず彼に言ってしまった事にも通じるのですが、あの……心」

「心ぉ？」

アカシがユヅキの言葉にオウム返しに疑問を口にした。

心を恐れる、という意味が分からなかったからだ。

「何一つ、日常と変わる事なく三人を殺害する。あり得ないとは思わない、アカシ？」

「おいおい、敵だぜ？　そりゃ経験にもよるだろうが、襲われ慣れてたんだろ、きっと。確かに商人にしちゃ堂々としたもんだったけどよ」

敵を殺す事に葛藤《かっとう》を抱かないのを責めるなど、それこそあり得ない。

こちらを殺そうとしてくる輩《やから》との戦いだ。

初めて、二度目、三度目。

少しずつだが、襲撃にも迎撃にも人は慣れるものだ。

アカシはまさにその事を言っていた。

「慣れ、とは違うの。私や貴方も、そりゃ敵とあらば迷いなく斬るでしょう。でもその時の心と体は、やっぱり人を殺す時のものになっているのよ」

「??」

ユヅキがため息を吐く。

「……ふぅ。あのね、呼吸をするように、世間話をするように、夜ベッドに入るように——そんな風に誰かと戦って、殺すなんてのは、普通できないでしょ？」

「ああ、流石にそこまでリラックスはできねえかな。やっぱそれ用の気の持ちようはある」

「その通り。普通はそうなのよ。だからライドウも、襲撃を受けた時、座っていたあの姿勢から体と心が戦いに向けて用意をして、そして視線や全身から殺気や闘気が放たれる、はずでしょ？」

「まあ、そうじゃねえかな。……あれ？」

「私は彼を観察していたけど、そんな仕草はなかった。彼は座ってショウゲツ様や私達と話していた時とまるっきり同じ状態で、一切の闘気や殺気を見せる事なく襲撃者を確認して、殺した。刺客を見て、戦い、いえ殺すと決めて、実際にそうしたの」

通常、戦闘に向けてあるはずの反応が、ライドウから感じられなかった。

それがユヅキにはかつてないほどの異質な何かに見えた。

「……」

「超一流の冒険者の中には、常に、戦闘時のトップギア並みの集中力を維持したままでいるように努めている人がいるとは聞いた事があるわ。常在戦場《じょうざいせんじょう》の心得の体現者。それほどの集中力ともなると、常人が日常で維持できるのはせいぜい数分だろうから、試みる事自体が相当な修練とも言えるわね」

戦闘であれ競技であれ、最高に高められた状態の集中力を維持するのは当然困難だ。

日常で再現するとなると、さらに至難《しなん》の業《わざ》だろう。

「……」

「でも、それとも違う。彼はあまりにも滑らかに、いえ、もしかしたら戦闘時の心境に移行する事すらなく、戦闘を終えた。だから私達はさっき目の前で起きた事が上手く把握できていない。……ごめん、私もまだ完全には自分の中にあるものを表現できない」

ユヅキはただの戦士としてではなく、人を見抜き、値踏みし、判別する任をも負っている。

だからこそ多くの人を、その独自の立ち位置で観察し、評価する。

その目は、ショウゲツにもアカシにも、そしていろはにも信頼されている。

だが今、そのユヅキの目でもなんとも言い切れない輩が出現した。

座ったまま、まるでなんでもないように凄腕の暗殺者を全滅させた強者。

にもかかわらず、戦士としての凄みを何も感じさせない商人。

ユヅキ自身、まだライドウという人物を測れずにいた。

一方アカシは、ユヅキが言わんとするところをよく分かっていないようだった。

「戦いじゃなく、戦う？　呼吸をするように？　うーん、よく分からん」

アカシからすれば、特に問題を起こさなければ敵対しそうにないというのがライドウの印象であり、それはさほど難しくないと考えていた。

面白い事に、あるいは不可解な事に、深澄真についてはその印象もまた間違いではなかったりする。

「だよね。整理できたらまた改めて話す。それで、ショウゲツ様。仰ったように、いろは様はライドウ殿に預かってもらうのが一番安全だというのは確実ですが」

「ん、うむ」

陰謀の源《みなもと》を探って思索を深めていたショウゲツは、ユヅキの言葉で我に返り、彼女の意図を聞くために耳を傾ける。

「本当に、それでいいのでしょうか？」

「何が言いたい？」

「ライドウ殿は、何かが違います。彼の傍にいろは様を置いて、本当に大丈夫でしょうか？」

「悪い影響があると？」

「正直申しまして、いろは様が変わってしまわれはしないか、気がかりです」

「多少は仕方なかろう。第一、それを言ってしまえば、許嫁のイズモ様が既に相当ライドウ殿に影響されとるじゃろうしな。どちらにせよ、将来的には避けられん要素と、儂は割り切った」

立場が変われば判断も変わる。

ユヅキが懸念している事を考えても無駄だと、ショウゲツは割り切った。

「イズモ様……確かに。であればカンナオイまでの旅路で彼の考えに触《ふ》れるのは、予《あらかじ》め耐性を得ておくようなものと？」

「うむ。それに、いろは様は聡明《そうめい》な姫君。得体の知れんものに興味は示されても、傾倒《けいとう》はされぬ。交わるのが短期間であれば尚更のう。ここは姫を信じる事こそが、儂らの忠義というものではないか？」

「……承知しました」

「お前の鍛えられた目には今後も期待しているが、此度は想定しておったものよりも、ちと事態がまずそうじゃからな。当面は彼に頼る他ない。その上で、よろしく頼む」

「はっ」

「アカシも。明日からの道中、期待しておるぞ。たとえ此奴らほどの手練れでも、お前らならやってくれると儂は信じとる」

ショウゲツは孫娘を見るような満面の笑みで二人の護衛を見た。

「ま、なんとか命懸けで」

「全力を尽くします」

「やれやれ、領内どころか他国を交えるほどの陰謀かもしれんときた。この歳になっても楽隠居《らくいんきょ》できんとは、老人に優しくない世の中になったもんじゃなあ」

そう語る老爺《ろうや》の背筋《せすじ》は近年稀《まれ》に見るほどピンと伸び、活力に溢《あふ》れている。

女達は皆困ったような笑みを浮かべ、先頭を歩くショウゲツに従ってその場を後にした。

ライドウは迷宮を目指す。

そしてその彼を歓迎するように、血なまぐさい騒動が両手を広げている。

ローレルがクズノハ商会を知るその時が、もう目の前に迫っていた。

3

翌日、ややゆっくりした朝。

ショウゲツさん一行が既にミズハを発った事を知った僕らクズノハ商会一行は、その後を追う形でカンナオイに向けて出発した。

そういえば、どっちが先に出るとかは特に決めていなかった。

けど向こうが先に出発したって事は、僕らが後から行っても問題ないんだろう。

すっかり僕を賢人扱いして畏《かしこ》まった〝街の出入り口の兵士その一〟に聞いた感じだと、いろはちゃんらしき姫様も同行していた模様だ。

影武者とかいたんだな、と密かに感心した。

今は押し付けられるように勧められた高級な馬車に乗りつつ、巴と雑談しているところだ。

澪はいろはちゃんと御者台《ぎょしゃだい》に座っている。

といっても馬を操っているわけではなく、景色を楽しんでいる。

馬車を引いている馬には目的地がカンナオイだって伝えてあるので、何もしなくても問題ない。

トラブルはこっちで引き受けるから最短距離で頼むとお願いしてた。

「しかし、せっかくのローレルだというのに、よもや帝国の勇者の影を感じる事になろうとは……不愉快この上ない」

巴の言葉に同意し、僕は苦笑する。

「日本っぽい場所ではあるけど、あいつが欲しがりそうなものなんて、この国にあるとも思えないんだけどな。トップの巫女《みこ》――チヤちゃんはもう響先輩んとこにいるわけだし？　あいつは元々日本に未練なんて欠片《かけら》もなさそうな感じだし？」

「その上、彩律は奴の魅了能力《みりょうのうりょく》を既に知っておりましたからな。スパイを捕らえてみたら、どれもこれもが目をハートにしている有様では、いつまでも分からぬ方がどうかしているとも言えますが」

「謎だねえ。中枢《ちゅうすう》を直接モノにできないから、内乱を画策して暗躍《あんやく》しているとか？」

「未だ魔族との戦争の行く末も分からぬのに、そんな真似をしますかな。ただ、やらぬとは即座に言い切れぬところが、あの男の不気味なところ」

「……流石にそこまで馬鹿ではないと、僕も思うんだけどねえ」

「ベレンと森鬼には勇者の魅了についても伝えてあります。それを踏まえて先にカンナオイの街で情報を集めておるでしょうし、障害になりそうならば、その時に対処するしかありませんな」

「だね。あくまで迷宮が目的地。そっちの要件を済ませてからじゃないと、智樹に構っていられない」

「ミズハの事を思えば、食材などもかなり期待できるでしょうから、街での時間は十分に取りたいところ」

ツィーゲの状況は、報告を聞く限り、現状では時間がこちらの味方をしてくれているようだ。

王国側も革命側も、ツィーゲ独立の動きを無理矢理抑え込む事ができず、少しずつその要求に対して肯定的になっているらしい。

このまま押し切れるって思っちゃうのは流石に楽観的すぎるけど、今日の明日でどちらかの勢力から総攻撃を掛けられるような危険な状況じゃない。

独立を主導するレンブラントさんも言っていたけど、一番まずいのは両勢力が手に手を取り合って、まずツィーゲを一回フルボッコにするって作戦に出る事。

一旦協力した上で、今独立を訴えているレンブラントさんや僕ら、それに冒険者を一掃し、その後両勢力で改めてツィーゲを取り合うってやつだ。

だからそういう団結をさせないよう、戦力が妙な集結をしないよう、主に遊撃中心で冒険者が動いている。

ツィーゲと世界の果てが生み出す利益は莫大《ばくだい》だ。

それこそアイオン王国の連中と、革命を成功させて国をひっくり返そうとする連中が、争いを一時中断してでも独立などさせたくないと考える可能性も十分にあるほどに。

僕がローレルに来た一番の目的は、その時の備え。

だからレンブラントさんが上手く交渉を進めれば、当面はその備えが必要なくなるのも確か。

長い目で見れば、独立後に街を自衛する力として、防衛のための戦力育成は絶対に必要なわけで、
今回の目的を達成したからといって無駄にならないのもまた確かだ。

できれば障害はそっち方面だけにしておいてもらいたいんだけどね。

智樹に関わるって、響先輩以上に面倒くさそうなんだよ。

もしあいつに澪を見せたら、今度は彼女も欲しいとか言い出しかねない。

十代の男の子とはいえ、あいつの性欲は異常だと思うね。

妄想《もうそう》するまでなら微笑ましいとは思うけど、現実にハーレムなんて作るか？

そんなの後々面倒でしかないだろうに。

帝国の権力を握る。ハーレムを作る。子供が沢山産まれる。

で、あいつは人間だから、魔術とかで頑張っても、そんなに長生きはしない。

はい、もう死後がドロドロになるのが目に見えている。

智樹、あいつは一体何がしたいんだろうな。

さっぱり分からん。

誰が産んだ子でも、男でも女でも、智樹の子だったらみんな仲良くするとでも思っているとか？

……どう考えてもないわ。血みどろだわ。

そんな僕の考えを聞き、巴が頷く。

「くく、確かに儂も、アレにはあまり関わりとうありません。ああ、そういえば、ベレンからいくつか報告があがってきておりました」

「ベレンから。なに？」

「山奥のドワーフの里で亜空に移住を望んでいるものがいくつかあると。それから、以前名前が出ましたマリコサンなる妖精についての追加情報ですな」

「移住か。ベレンの知り合いなら、そのままエルダードワーフ預かりにすれば問題ないし、こっちで国と深く関わっていない人達なら構わないかな。識に面談してもらおうか」

「ですな。では、そのように識に頼んでおきましょう」

「で、マリコサンの続報は？」

謎の妖精マリコサン。

とりあえず僕の脳内では暫定的にエルダードワーフの女性をあてているわけだけど、ドワーフとは別種族みたいだからなあ。

これから迷宮で対面するんだろうけど、前もって情報があれば、当然ありがたい。

ミズハでは迷宮にいるらしいレアキャラ、くらいしか情報が得られなかったんだよ。

「ドワーフのように大地に属する妖精族ではあるのですが、種族としては全く別だそうで。儂も初耳でしたが、特にダンジョンに属する妖精だとか」

「ダンジョンに、属する？」

穴掘りが得意とか？

いかん、謎が深まっていく予感がしてきた。

「ええ。上位竜ドマの奴が引きこもっておる迷宮に、それなりの数がいるのは確かなようです。しかし……儂も奴からそんな眷属《けんぞく》らしき種族の話など、聞いた事がないのですよ、これが」

巴は不思議そうに首を捻《ひね》りながら、マリコサンに関する報告を続ける。

「ドワーフより妖精や精霊寄りで、ダンジョンに特化しており、大きさはフェアリーに近い」

「ちっさ」

巴が出した外見情報にいきなり突っ込んでしまった。

フェアリーって十センチとか二十センチじゃないか。

本格的にマスコットなんだろうか。

愛されキャラ？

亜空に移住してきた妖精的な種族――アルエレメラの姿が一瞬脳裏に浮かんだが、あいつらは愛され、ではないな。

亜空の実務を取り仕切るエマが怒りで闇堕《やみお》ちしている姿が同時に思い出せるくらいには問題児だ。

「ダンジョン内では単騎で、冒険者何人相手でも手玉に取るほどの戦闘力を誇り」

え？

「雄々《おお》しく、かつ愛くるしい髭《ひげ》――」

「髭!?」

「がトレードマーク、との事です」

体長フェアリー級で、ダンジョンで無双な実力者で、髭がトレードマーク?

駄目だ。

判明した情報が頭の中でまとまっていかない。

混ざりません諦《あきら》めてください、な材料が並んでいる気しかしない。

今のところ、僕の中では矛盾《むじゅん》の塊《かたまり》だぞ、マリコサン。

ダンジョンの精霊、みたいな感覚でいるのが無難だろうか。

ローレルは女神信仰から派生した精霊信仰が強い国だ。それなら、ローレルの民に昔から知られている大迷宮の精霊という意味で存在を受け入れられているのが、マリコサンなる謎の妖精と思えなくも……髭。

「髭かあ」

「髭のようで」

マリコサンって響きから、女性と想定していたんだけど、髭。雄々しい。

「……」

小さいけどごっつい武闘派なんだろうか。

「……」

僕と巴はお互い言葉を失って、自然に沈黙する。謎が深まる一方だった。

「あー。ところで、ドマはもう迷宮の中で転生完了ってとこかな？」

「はて、まだ卵の中ではありませんかな。あれは儂と同じくあまり積極的に動くタイプではありませんでしたし」

「お前も相当な引きこもりだったんだっけ」

「ヒューマンと関わるなど、面倒なだけでしたからなあ。寝る、死ぬ、生まれるを繰り返しておった方が余程マシというものです」

寝る、死ぬ、生まれるって……お前ね。

「ルト曰《いわ》く、もう迷宮には戻したらしいから、生まれているようなら一言挨拶くらいはしておかないとな、そのドマにも」

ヤソカツイの大迷宮はその竜の家みたいだしね。

「恐らく、若が想像されているような竜ではありませんぞ、ドマは。根暗かつ引きこもり、駄目竜オブ駄目竜」

えらい言われようだな、ドマ。

陽気で社交的ならダンジョンの奥深くに潜みはしないと僕も思うけど、だから駄目って事もなかろうに。

「駄目竜ねえ」

それなら僕の基準でも、竜としてはどうだろうかってのが、目の前に一匹いる。

なんかドマに会うのが楽しみになってきたかも。

ドマとフツの関係も正直よく分かってないんだよねえ。

「若様！　休憩に良さそうな小川がありました！　予定通りに進んでいますし、食事を兼ねた小休止は如何《いかが》でしょうか？」

御者台の澪がこっちに顔を突っ込んで、休憩の提案をしてきた。

予定通りか。ちょうど小腹も空いたし、少し休むのもいいか。

基本は巴と澪に任せているとはいえ、一応僕も襲撃を警戒して少しだけ気を張って移動している分、多少の気疲れもある。

カンナオイでは、前乗りして街に入った森鬼のシイとアルケーのホクト達が宿を取ってくれているだろうけど、僕らが不自然なほど速度を上げて急いで向かっても、無用の注目を集めるだけ。

当初の予定通り、普通のペースで行くが吉だ。

いろはちゃんを無事にカンナオイに届けたい一方で、予定外のトラブルを抱えて彩律さんに妙な警戒とか気遣いをされても困る。

彩律さんの立場を考えると、僕らを放置というのはありえないわけで。

今こっそり僕らを尾行している地竜隊の人なんかは、多分彼女の命令によるものと見ていい。

全く鬱陶《うっとう》しく思わないかと問われれば否《いな》だけど、表向きだけでもかなり自由に動かせてもらっているし、彩律さんや竜騎士の人には感謝しないといけないくらいだ。

ミズハでの爆買いを知られていると思うと、かなり恥ずかしい部分もあるけれども。

「よし、それじゃ少し休憩しようか。水があるなら馬も休めるし」

「はい！　では早速お弁当の準備をいたしますわ」

そう応えた澪の脇から、いろはちゃんが何か言いたそうに顔を出している。

「ん、どうしたの、いろはちゃん？」

「……ドマとかマリコサンとか、少し聞こえたのです」

意図を聞くと、少し考えてから、いろはちゃんが口を開いた。

「あー、うん。そんな話をしていたからね」

「ヤソカツイの大迷宮のお話です？」

「うん」

「カンナオイの者なら皆知っている事ですが、しばらく前に、竜殺しのソフィアが迷宮の奥でドマを狩ったのです」

それは僕も知っている。ソフィア自身が言っていたから。

「らしいね。聞いた事があるよ」

「だからもう迷宮にドマはいないはずです。そしてあの日以降、迷宮は不安定になってるそうなのです」

「不安定？　危ないって事？」

それはミズハでは聞けなかった情報だ。

「迷宮第二層への出入り口が沢山開いて、中の魔物が地表に出てきていると、城の……いえ、街の者が話していた気がするのです」

「迷宮外への魔物の流出か。確かに不安定だ」

ドマの不在による暴走だろうか。

でもそれなら、今は卵だとしても存在はしているはず。

ただの住まいと、その主という関係でもないのかな。

……ああ、それでか。

いろはちゃんは検地とかなんとか言って、異変を調べる気だったとか？

もしそうなら、暴れん坊な江戸城の殿様みたいな子だな。

まだ小さいのに。

「マリコサンも数が減ったと、もっぱらの噂《うわさ》なのです。私は見た事がないのですけど、これまでは深いところで冒険者がそこそこ遭遇《そうぐう》していたらしいのです」

つまり、浅い階層には登場しないんだろうか。

となると、やはり穴掘り屋の線もあるような？

装備はツルハシだったりして。

「数が減った……か。謎が多いんだね、マリコサンは」

「みんな名前は知っているのに、誰も詳しくは知らないのです」

「なるほど」

「マリコサン饅頭《まんじゅう》を筆頭に、マリコサングッズはカンナオイではどこでも見かけるですが、実物がもし街に出てきたら、きっと大騒ぎになるのです。そんな幻《まぼろし》の存在です、マリコサンは」

「……そっか。教えてくれてありがとう、いろはちゃん」

マリコサンが僕の頭の中で無限に増殖していく……。地味に一番の謎かもしれない。

「このくらい、当然なのです。巴様も凄い女傑《じょけつ》とお見受けするですが、澪様も凄い方だとさっき教えてもらったのです。そしてライドウ様はもっと凄い――とにかく、凄い英雄だと教えてもらったですから」

「澪、あいつはまた……」

子供に妙な事を吹き込んで。

「何か信じられない事があっても、〝ライドウ様ですから〟と言えば、大概大丈夫ですと。とてもとても凄い人なのです」

いろはちゃんの発言を聞いて、巴が満足げに頷く。

「うむ。いろはは物覚えが良い。その考えは全く正しいぞ」

「はいです、巴様！」

「……利発な子だとは僕も思う。でも、お前らが教え込んでいる事は、相当間違ってるとも僕は思うんだが」

素直で賢い子だけに、誤解しか招かないような。

「そうなのです？」

「これは謙遜《けんそん》というやつじゃよ、いろは。なに、このしばしの旅路の間に若を見て、お前が感じるままに認識すればよい。退屈はせんぞ、約束する」

「楽しみなのです！　巴様の剣技も、是非また見せてください!!」

「もちろんじゃ」

もちろんじゃって、お前。

剣を振るような状況に、いろはちゃんを同行させているのはどうなんだ。

「あのな、巴――」

僕が注意しようとすると、巴が唐突に大きな声で、樹々の向こう側へと声を放った。

「ついでにお前も同道すればよい。その方が若の事も見張りやすかろう？」

おいおい、巴。

せっかく邪魔にならないように、後ろからこそこそしていたんだろうに。

『……』

あーあ、といった雰囲気の僕と澪。

いろはちゃんはポカンとしている。

巴は悪戯《いたずら》大成功のにんまり顔だ。

「……あー。しっかりバレておりましたか、ははは。先ほどぶりです、クズノハ商会の皆様」

苦笑しながら出てきたのは、地竜隊のチュウゴさんだ。

敵意もないし、陰でこっそり尾行するくらいなら、スルーでよかったのにさあ。

仕方ないので、応対する事にする。

「お一人でどうしたんです、チュウゴさん？」

「本当はリョウマ隊長のお供でカンナオイに向かう予定でしたが、急に立て込みまして。はは、全く予想だにしていなかったのですが、何故か私一人、皆様の旅路を陰ながら見守る事に相成りました」

「それはまた……騎竜も置いて、ご苦労様です」

「ああ、相棒のラビは大型種の竜で目立ちますから」

「ラ、ラビ……うさぎ、うさちゅ。ぶはっ」

ラビと聞いて、巴が堪えきれずに噴き出した。僕も一瞬で連想したけど、耐えているってのに。

チュウゴさんが話している途中だぞ。

「巴、失礼」

「す、すみませぬ。しかし、あのデカいナリのタイラントロードと揃って、ラビチュウ――いや、うさちゅうとはっ、いくらなんでもできす――ぷ、ぷぷっ」

巴は完全にツボに入ったようで、なんの事かと訝《いぶか》しむチュウゴさんをよそに、震えながらぱたぱたと手を振って、森に消えてしまった。

亜空に戻って爆笑する気だろうな。

「？　竜騎士のスキルで戦闘時に召喚する手立てはあります故、この身については心配ご無用ですが……巴殿は大丈夫でしょうか？」

「ええ。お気になさらないでください。部下の失礼を改めてお詫《わ》びします。それで、チュウゴさんが我々の護衛になってくださるという事で、よろしいでしょうか？」

巴のあのザマもあって、丁寧に質問する僕。

「許可していただけるなら、その、喜んでお受けします。ただ……よろしいので？」

チュウゴさんは隠し事があまり得意でない性格なのか、情報流れちゃいますけど、私いていいですか？　みたいな顔を全面に出して聞いてくる。

巴じゃないけど、このチュウゴさんは、憎めない。

僕としても嫌いではないタイプだ。

「どうという事もない、カンナオイまでの旅ですが、是非」

僕が承諾《しょうだく》すると、チュウゴさんは、助かったという顔で大きく頷いた。部下がいるといないとでも変わるんだろうが、チュウゴさんはきっと地竜隊でも可愛《かわい》がられている存在ではないだろうか。

澪に旅の連れが一人増えた事を伝え、僕らは穏やかな昼休みを取ってから旅を再開した。

あ、巴は昼食の終わり頃に戻ってきて、チュウゴさんに詫びていた。

チュウゴさんは、それはもう愛嬌のある人で、話し上手の聞き上手だった。

僕も彼の傍を歩いて相槌《あいづち》を打ったりして、森の奥へと進んでいく。

「ライドウさん、ミズハからカンナオイへの直線ルートは難所続きで、選択する者は少なく、途中からは道も険《けわ》しくなります。本当にこのルートでよろしいので？」

「ええ。まあ、駄目でも話のタネになるだろうという事で、ひとまずこの道にしました」

チュウゴさんには様や殿を付けずに気楽に、とお願いして、僕の事はライドウさんと呼んでもらう形で落ち着いた。巴や澪については殿と呼ぶのがしっくりくるようで、なかなかさん付けには苦労している様子だ。

道中の話や竜騎士の話を惜しげもなく聞かせてくれるから、退屈はしない。そんなに話して竜騎士的に大丈夫だろうかと不安なるくらいだ。

？

ふと、周囲を探っていた『界《かい》』に引っかかるものがあった。

かなりの速度で空を飛んでいる。

ミズハの方からこちらに向けてだけど、僕らを気にしている様子はないし、誰かを捜している様子もない。

これは、僕らとは無関係の別口か？

通り過ぎてくれるならそれで構わない。

チュウゴさんが気付く事はないだろうが、少し違う話題で気を引こうと聞いてみる。

「そういえばチュウゴさん、竜騎士には騎竜を即座に召喚する以外に、独自のスキルってあったりするんですか？」

「独自と言いますと、竜騎士ならではの……ふむ……」

「騎乗してこその竜騎士ですから、単身だとあまり変わったスキルはありませんかね？」

「いえ！　ありますよ！　ありました！　おそらく竜騎士しか使えないスキル！　アレがあった！」

少し考えてから、思い出したようにチュウゴさんが手を叩いた。

「へぇ！　あるんですか。戦闘になった時の楽しみができましたよ」

「いえいえ！　これが基礎能力とかレベルの確認にしか使えない、変わったスキルでしてね。そうだ！　今ここでお見せしますよ！」

「え？」

チュウゴさんが全く予想外の事を言い出した。

後ろからついてきていた馬車が、何事かと動きを止める。

「他の騎士系ジョブにはなくて、竜騎士にだけあるユニークスキル。ご覧あれ！　ジ・ャ・ン・プ！」

「……は？」

いや、竜騎士でジャンプって、それはある意味お約束のスキル……って、今、ジャンプ？

「な、ちょ！　チュウゴさん⁉」

スクワットのように深く腰を落としたチュウゴさんが、樹々の高さを超えて空高く跳び上がり

――

「ははははは、ご心配なくー！　こうして発動して高さを競うだけの、役立たずな――ぶばっっ⁉」

――何かと激突して一緒に落下してきた。

『……』

まさに僕がスルーしようとしていた、上空を通過しようとしていたナニカとだ。

僕は一応、話題を逸《そ》らそうとしたんです。ただそれだけのつもりだったんです。

まさか会話中の相手が打ち上げ花火みたいに空に飛んでいって衝突するだなんて、まったく！

想像できなかった！

なんちゅう命中率なんだ、チュウゴミサイル。

動こうとする巴と澪を制し、僕は魔力体の腕で落ちてくる一人とナニカを受け止める。

こっちも人だな。ヒューマンの、女の子？

「誰だ？　あの速さで一人で飛んでいたんだから、ただ者じゃないだろうけど」

「知らない顔です。ツィーゲの冒険者ではなさそうです。さほど脅威は感じませんが、レベルは不思議と高そうな感じがします」

澪が首を横に振る傍《かたわ》らで、巴が女の子の顔を覗《のぞ》き込《こ》む。

「儂も……いや、その顔、どこかで見た。最近……そう、魔人と星湖《せいこ》の調査の時……この小娘は……モーラ！　そうじゃ、智樹の連れにおった！」

げえ、智樹の仲間か。よりによって、なんて面倒くさいのと事故ってるんですかね、チュウゴさんは。

「うさちゅう、侮《あなど》れん奴。次々と面白い事をしおる。若並みとは言わんが、かなりの腕前じゃのう……ウチにスカウトしたい」

「出てくるなりはしゃいでいるのは分かります。見ている分には面白いですわね」

巴は慄《おのの》きつつも最後にぼそりと恐ろしい呟きをこぼし、澪は初日から飛ばした道化ぶりを哀《あわ》れんでいる。

ここに智樹のパーティメンバーがいるって事は、帝国の陰謀が進行中の可能性が上がってきたんですけど。僕は胃が痛いよ。

確かこの子はドラゴンサマナーだかドラゴンサモナーだか、竜を使役して力を得るんだっけか。ローレル連邦は竜騎士が存在する唯一の大国だ。そっち絡みの要件だろうか。戦力補強とか？

一方、いろはちゃんは……同年代の女の子に興味津々《きょうみしんしん》って感じだな。

「巴、頼む」

その一言で察してくれた巴は、チュウゴさんとモーラという娘さんの肉体と意識を回復していく。

「……ん」

巴の治癒《ちゆ》は効果覿面《こうかてきめん》で二人ともすぐに目を覚ました。

「はて、私は……ライドウさんに竜騎士の力比べスキル『ジャンプ』を披露《ひろう》していたはず……？」

お約束の反応というか、チュウゴさんは衝撃で直近の状況を把握できずに混乱気味だ。

二人にとっては完全なるイレギュラーの事故。

僕は獲物を狙う目でチュウゴさんを見ている巴を威嚇《いかく》代《が》わりにひと睨《にら》みして、彼に状況を説明した。

「見知らぬ女性、しかもこんな幼子《おさなご》に体当たりをしてしまったとは……!?」

ローレルのエリートたる竜騎士が、ショックを受けて頭を抱える。

相手は幼子ってほど小さくないし、高速飛行で他国を単独行動していた子だ。

そこまでショックを受ける前に警戒とかしましょうよ、と思わず言いたくなったが、その言葉は、次の瞬間に放り込まれた爆弾によって、僕の口から発される事なく霧散《むさん》した。

「っ、一体なんなのよ。うっ、痛ぅ」

「起きたようじゃの、モーラよ」

「はぁ、気安く人の名前を……？」

巴に声をかけられたモーラは、何か言いかけたが、急に黙り込む。

「どうした？」

「モーラ……って、私の名前、よね？」

『！？！？』

「うん、多分そう。凄く、うん。ね、ねえ。ここどこ？　私、なんでここにいるの？　お兄ちゃんはっ!?　おにい、ちゃん？　って、え、あれ、あれぇ!?」

……ＭＡＪＩか。

「巴」

「若、間違い、ございません」

一瞬モーラを見て顔を伏せた巴が、僕の問いを察して答えてくれた。

哀れんでいるんじゃなくて、面白くなってきたってにんまり顔を僕に見せないようにしているの、気付いていているからな。

「……はぁ、小娘が一人増えましたわ」

澪は僕がどうするか分かっているようで、邪魔が増えたと不満げな顔をしている。

智樹の仲間とはいえさ、記憶喪失の娘さんを放置するのは、ちょっとまずいじゃん。仕方ないじゃん。

「……」

モーラは子犬や子猫のような目で僕を見上げている。

まあ、あれだ。記憶が戻ったら存分に悶えてもらえばいいって事だな。

澪の言う通り、一人増えても今更だし。

「僕らは街に行く途中でね。数日の間だけど一緒に来るといい。君、いや、モーラちゃんがよければだけど」

「いい、の？」

「もちろん、放ってはおけないよ」

「ありがとう！　親切な亜人さん！　後で絶対凄いお礼してあげるから、楽しみにしててね!!」

「……うん。僕はライドウ。ヒューマンで、クズノハ商会って屋号で商人をやっている。こっちの二人は巴と澪、商会の仲間。で、こっちで頭を抱えているのが、ローレル連邦の竜騎士でチュウゴさん。護衛をやってくれている」

「ヒュっ!?　嘘！　……じゃなかった。そっか、ヒューマンだったんだ。ライドウ……ライドウ？巴？　あれ、私、知ってる気がする？」

速攻で記憶を取り戻してくれたら、多分捨《す》て台詞《ぜりふ》からの退場が期待できるから、むしろ歓迎だけど……どうだ？

「……駄目だ。思い出せない。お兄ちゃん、ライドウ、巴、モーラ、クズノハ商会。うーーんーー」

ダメかぁ。くっそう、順調にトラブルの芽が育っているー。

「いやぁ、ますます面白――賑《にぎ》やかな旅になってまいりましたなあ、若！」

「……絡まりまくる因果が恐ろしくなってくる。自力でほどける程度に加減してもらえないものですかねえ、お天道様《てんとうさま》」

相変わらずの晴れ模様は無言を貫き、カンナオイ行きはまた一つ不安を抱えた。

◇◆◇◆◇

真達がローレルの大迷宮の最寄り都市であるカンナオイを目指して馬車に揺られている頃。

遠く離れた学園都市ロッツガルドでは、変態で天才のとある竜が唸《うな》っていた。

彼でも彼女でもある冒険者ギルドのマスター、ルトだ。

ここは冒険者ギルド本部の最奥。ファンタジーらしい錬金術師の工房というよりは、科学者の研究室という表現が似合いそうな部屋だった。

実のところ、ここは冒険者ギルドという組織の根本——つまり、ギルドが人を『冒険者』として扱う上での、この世界における数々の優遇措置を生み出している場所である。

すなわち最重要機密そのものだ。

ルトが構築した冒険者ギルドシステムを、今まさに彼自身がメンテナンスしているところだった。

「やはり全て正常に機能している、か」

なんの問題もない。

その結果は喜ぶべきもののはずなのに、ルトの表情は明るいとは言えなかった。

「真君が登録した時に出たシステムエラーも特に全体に影響は与えてないし……でも真君のレベル1は、どう考えてもそこが原因のはず……」

深澄真が世界の果てで冒険者登録をした時に出たシステムエラー、そして彼のレベルがあり得ない数値――すなわち1であるという事。

ルトが引っかかっているのはその点だった。

そもそもルトが冒険者に定めたレベルとは、1が最低で最高は65535。

最高値である65535は、ルト自身が昔のテレビゲームにおける16ビットの最高値と同じに設定してあるからそうなっているだけであり、数値自体に趣味以上の意味はない。

そして冒険者ギルドが創立されて以来、誰一人このレベルに至った者はいない。そういう数値でもある。

いつかここに到達、あるいは超えていくヒトを見るのが、ルトの大きな目標の一つになってもいる。

ちなみに、もしも65535を超えた場合、その冒険者のレベルは〝OVER〟と表示されるように設定されている。

エラーで1に戻る事はない。しばらく前に、ルトがそう変更したのだ。

それはまさに、ルトが真を知った時期――真のレベル1という数値が、あるいは最高値を超えてしまったが故の間違いかもしれないと疑った結果だった。

実際、深澄真の力は絶対にレベル1のそれではない。

ルトがそう推測したのも無理はないだろう。

「1は乳児レベル。多少でも戦う力を持っていれば、上昇していくはず。なら真君はどうして……」

何か問題がある。それは間違いない。

たびたびこの場を訪れているルトは、試行錯誤《しこうさくご》を繰り返しながら、この謎に取り組んできた。

それでも、未だに答えは出ていない。

「所有スキルの方は普通に出ているんだよな。個々の能力値は隠しているから分からないけど……」

ルトが視線を動かしたり、指を空中で動かしたりする度に、彼の周囲に浮かぶ淡い光を放つ板状のモノが目まぐるしく変わる。

パソコンのウィンドウが閉じたり開いたり、サイズを変えたりするように、数多くのプレートがルトを中心にして忙しく移動していた。

「称号とかも順調に増えているし」

冒険者ギルドのカードには数々のオーバーテクノロジーが詰め込まれており、その機能は部分的に現代の利器をも超えている。

レベルやランクが上がっていくごとに、これらの機能はどんどん解放され、それに比例してギル

ドからの支援も手厚くなっていく。ツィーゲのエース級冒険者のカードなら最新スマホを凌駕《りょうが》する
スーパーガジェットになるのだ。
真も当初、ギルドカードの機能に目を輝かせていたが、いかんせん彼のレベルは不動。
上位ランクになるには依頼達成の実績の他に、それなりのレベルが条件に含まれているので、彼
には達成できなかった。
この条件は、ルトが真のために即座に撤廃《てっぱい》、変更していたものの、それを伝えられた頃には、真
はもうレベルだのランクだのにあまり関心を持たなくなっていた。
カード育成熱は完全に醒めてしまっていたのだ。
一応今の制度なら、真自身がその気にさえなれば、レベル1のまま最高ランクになるのも可能で
はある。
もっとも、レベル1で最高ランクなど、異様なまでに悪目立ちするのは確定なので、真が好んで
ランクを上げる事はないだろう。
また、ルトが口にした『称号』とは、冒険者自身の特定の実績に対して与えられるものである。
設定さえすればカードから閲覧《えつらん》できるようになり、それぞれの称号に応じて恩恵も受けられる。
ルーキーからベテラン、単純に年数によって獲得できる称号もあれば、特殊なジャンルの行動を
繰り返したり、特定の種族を倒し続けたりする事で得られるものまで様々。
当然、容易く獲得できる称号の恩恵は少なく、獲得が難しい称号ほど恩恵は大きい。

たとえば真達が向かっている大迷宮など、ダンジョンに特化した称号を得ていれば、本来の実力の数倍の力を発揮する事もできるようになる。

称号自体はレベルがいくつであろうと関係なく得られるので、真もその行動に応じて称号を獲得していた。

もっとも、彼自身はそれを把握していないのだが。

「実際、こっちを覗くととんでもないのが揃い踏みなんだよな。最初から獲得していた称号からして『月神《つきがみ》の朋友《ほうゆう》』と『まつろわぬ者《もの》』だし。で『皆中《かいちゅう》の射手《しゃしゅ》』、『契約者《けいやくしゃ》（上位竜《じょういりゅう》）』、『契約者《けいやくしゃ》（災《さい》害《がい》）』……あれ」

その後『契約者《けいやくしゃ》（死霊王《しりょうおう》）』、『契約者《けいやくしゃ》（　）』と続く表記で、ルトは目を留めた。

「死霊王？　前は死霊だったのに……識君の事だろうけど、んん？　それに空白？　新しく従者の契約を結んだなんて話は聞いてないし……一体……」

一部の表記が変わっていた事、そして新たに加わっていた契約者の称号が空白だった事が、ルトは気になったようだった。

「うわ、でもどっちも効果は相変わらずエグイな……。こういうのに比べると、後ろの方にある『竜《りゅう》狩《が》り』とか『大富豪《だいふごう》』とかの称号が弱く見えてくる。どっちも冒険者とか商人が獲得したら狂喜する高位のやつなんだけど」

ルトは思わず苦笑する。

真の持つ称号は出鱈目《でたらめ》なものが多い。

当然、その恩恵も破格だ。

表に出していても目立たない称号は皆無《かいむ》だが、そのメリットを考えれば、たとえ人目を引く事になろうとも、誰もが構わず設定するようなものばかりだ。

「まあ、真君だからね。大体、『月神の朋友』なんて、僕が設定してない称号だもんな。向こうの神が真君をこっちに寄越した時に、僕のシステムをハックして突っ込んだってところか。月の神なんだろうけど、やってくれる。ま、当の真君は称号そのものに気付いてないってのまで含めて、規格外だよね」

何故か効果は地味だが、その上昇度合いは流石に神様に関わるだけはある。

能力の底上げや確率の優遇といった、見えない部分が凄い、そんな称号だった。派手さはないが、確実に強い。

あまり想像できない状況だが、もし真がこの称号を知らぬままに苦戦するような相手と対峙《たいじ》する事態になったら、それを教えて恩を売ろうなどと、ルトは密かに考えていたりする。

「そして何度見ても笑えるのが『奇運《きうん》（悪《あく》）の所持者《しょじしゃ》』、これだよねえ」

数奇な巡《めぐ》り合わせに恵まれる、ではない。数奇で良くない巡り合わせに恵まれる。

わざわざ（悪）とついているのだから、そういう事だろう。

ルトは改めて真の事を思い出す。

くくく、と喉《のど》の奥で笑う彼が、何故か不意に真顔に戻った。

「……ローレル。『ヤソマガツヒの宮《みや》』か。ドマはまだ転生したばかりだし、アレに眷属はいない。真君の目的は日本人教のダンジョン攻略傭兵団の成れの果てみたいだから、行き先はせいぜい地下二十層。うん、万が一にもそれはあり得ない事だ。そのはずなんだけど、『奇運（悪）の所持者』……か。真君だからな、でも僕はあそこには行けないし……」

つい最近、万が一にもあり得ないような確率を乗り越えて、真はルトと遭遇している。

ルト自身とうの昔に忘れ果てていたギミックで、絶対に発動する事はないだろうと結論付けて、対策を施《ほどこ》していなかった。

色々な状況を加味して考えるなら、軽く億、兆といった分母からただ一つを選び出すような、途方もない確率。

それを真は、いともあっさりと引き当てた。

『奇運（悪）の所持者』などという激レアな称号を所持こそしていても、彼はそれを自分のカードに設定していない。

所持しているだけで効果を発揮する称号などない。

だが……そもそも奇運を所持してしまっているのなら、称号以前の問題として、周りでおかしな事が頻発《ひんぱつ》するのかもしれない。

称号獲得云々が、もはや論ずるに値《あたい》しない、というやつだ。

もれなく刺激溢れる人生が約束されてしまう。

これは酷い。

ヤソカツイの大迷宮を、確かにヤソマガツヒの宮と称したルトは、静かに目を閉じる。

「まさか真君がフツの亡霊と会うなんて事は……馬鹿な、僕は何を考えている。ありえはしない。そんな事は絶対に、ないんだ。さ、真君のレベル1をなんとかしてあげないと。そのためにここに来ているんだから」

馬鹿げている——と、ルトはその考えを捨てる。

それでも、真の情報に囲まれるルトの表情は曇ったまま、晴れる事がなかった。

4

小高い丘から遠方を眺《なが》めると、そこには巨大な街が広がっていた。

「おお、向こう側の外壁はツィーゲ並。迷宮から魔物が襲撃してくる事もあるからだろうけど、なんか懐かしい光景だ」

僕の感想に、澪が頷く。

「流石に大きな街ですわね」

澪が評したように、でかい。

流石に大国有数の都市だ。ツィーゲとは比べものにならない。

あそこは地形的に制限があるから、あまり比較の基準にはならないか。

だけど本当にでかいぞ。

リミアの王都、グリトニアの帝都、魔族の昔の首都、どこと比べてもここほど立派じゃない。

平野部だからってのもあるだろうけど、凄い。

壮観だ。

僕の方から見て手前の外壁は普通だけど、奥側の外壁はかなり高く、ごつい。

街まで続く道には、広大な農地への分岐《ぶんき》がいくつもある。

河川の水も計画的に街の内部に引き込まれているのが、見下ろしているとよく分かる。

ああ、そうか。カンナオイには、賢人の知識がそこかしこに活かされているんだろう。

ミズハよりも地形的に活用しやすい立地だったのかもしれない。

ミズハは日本っぽい雰囲気がある異世界の街で、カンナオイは日本人が考えを出している——というか、暮らしの感覚の方で日本ぽい雰囲気とでも言おうか。

まあ、和洋折衷《わようせっちゅう》ならぬ、和とファンタジーのミックスなのは変わらないんだけどさ。

「ほう、各所に遊びや余裕から来るであろう発想が多く見られますな。ツィーゲは街全体として飾り気が足りんのが今一つなところですが、この街からはそう、趣《おもむき》を感じますぞ」

趣か。なるほど、巴の言う通りだ。

橋の細工や公園の配置、緑との距離感。そういう所に、見慣れたというか、馴染《なじ》んだというか、懐かしいものを感じる。

一方には確かに高くてごつい外壁があるけど、街を見た全体の印象では閉塞感《へいそくかん》はない。

はー……これは嬉しい誤算だったたな。

この街のスタイルというか、都市計画は、ツィーゲにも大いに参考にできるんじゃないだろうか。

一連の独立運動が成功したら、レンブラントさん達に視察に来てもらおう。きっと凄く良い化学反応が起きる気がする。

荒野と迷宮、それぞれとの距離感に多少の違いあるけど、街が発展した条件はそれぞれ荒野であり、迷宮なのは間違いないんだしな。

気が変わった。迷宮だけでなく、この街自体もきちんと見ておこう。

「カンナオイ、よさげだね」

「はい」

「ですな」

澪も巴も頷いた。二人も、これから向かう街を初見では気に入ってくれたようだ。

今のところ、智樹の干渉もないし、襲撃もされていない。

実に順調だ。

「……遠くにぽつんと見えるだけの街の様子が、どうしたらそんなに克明《こくめい》に分かるのか。私は不思議なのです。呆然《ぼうぜん》なのです」

「同感だわ。どんな索敵《さくてき》スキルでも無茶でしょ。肉眼に望遠レンズでも埋め込んでるわけ？」

これまで黙っていたいろはちゃんがそう呟くように言った。

隣でモーラもドン引きしている。

しまった、僕ら基準の視力で話をしていた。

こっちに来てからの僕は、メガネいらずどころか、サバンナで暮らす民族レベルか、それ以上に遠くまで良く見えているから、ついそれが普通になっていた。

二人が言った通り、カンナオイはまだ遠い。

既に眼下に広がっていて、あとは下りていったら街に到着、なんて距離じゃあ決してない。

しばらく進めば農地もちらほらあるだろうから、人の往来も出てきそうだけど、街の様子で盛り上がるのはまだ早かったな。

微かに味噌《みそ》らしき懐かしい発酵食品《はっこうしょくひん》の匂いもするし、気にもなるが……ここは近づくまで触れないでおくのがいいか。

「味噌の香りもしますわ。どんな風に作っているのか楽しみですね、若様」

早速気付いた澪がニコニコしているが、それを聞いたいろはちゃんは、難しい顔と不安な顔を同時に表面に出す荒業をやってのけている。

「……カンナオイには味噌蔵は確かにあるですけど。今ここには森の匂いしかしないと断言できるのです。できるはずなのです……」

「まあ、澪だからね。あんまり悩む事でもないよ、いろはちゃん。さ、あともう少し、行こうか」

少し馬車の足を止めてしまっていたので、いろはちゃんにフォローを入れつつ出発を促す。

まだ陽も高いし、今日中にはなんとか着けるかな。

多少ペースを上げてでも、街に入って宿で寝た方が、明日以降楽になると思う。

よし、それでいこう。

「そう、クズノハ商会だからこれは仕方ない事なのです。納得するのです、私」

いろはちゃんは必死に目の前の不思議に納得しようとしている。

いや、クズノハ商会じゃなくて澪……。

まあ、いいか。

それに、だ。先行しているショウゲツさん達の様子を探ってみた感じ、あっちは問題なく明るい内にカンナオイ入りできるペースだ。

何度か襲撃こそされているけど、誰一人欠ける事なくここまで来ている。

僕らの方は道なき最短距離を強行したから、魔物はともかく、人からの襲撃は受けずに、ここまでのんびり来られた。

万事オーケー。

着いたらまずは……？

「ん？」

ふと違和感に気付き、僕は立ち止まる。

胸の内ポケットがカイロみたいに温かい。

でも僕はそんなもの入れていない。

なんだ？

「冒険者カード？」

名刺入れに使っている革のケースから、熱の原因を取り出した。

冒険者ギルドに登録した時にもらった、オーパーツなハイスペックカード端末だ。でも、僕のレベルが一向に上がらないから、その機能のほとんどは封印されたまま。

そういえば、最近出してすらなかったな、これ。

拗《す》ねたか？

「じんわり温かい」

中で何かが回転しているような、微かな振動を感じる。

あ、あれだ。外付けのハードディスクが駆動している時みたいな感じだ。

あれほどうるさくもないし、熱も大した事ないから、害はない。

動きも激しくならないし、微かに赤い燐光《りんこう》を発しているだけ。

ただ、こんなの初めてだから、ちょっと不安だ。

「特に魔力を発したり、通信したりしている様子はないですな」

巴が早々に即座に危険な兆候《ちょうこう》ではないと分析してくれた。

「きっとまたルトがおかしな事を始めたんでしょう。まったく、あの変態はろくな事をしませんから」

澪の言う通り、それはある。

ルトは何度かレベル1の原因を探るとか言って、ギルドカードを色々いじっていた。

以前、カードがいきなり黒板を引っかく音を大音量でまき散らしはじめた時に、あいつの所に怒鳴り込んだら、白状したんだった。これもその一環だという可能性は十分にある。

あいつ、僕に嘘はつかないとかシリアスに言ったくせに、嘘をつかないだけで、結構隠し事はするからな。

文句を言えば、〝聞かれなかったから〟とか、しれっと言ってくるし。

二言目には、泊まり込みで睦言《むつごと》と一緒に、僕が知るこの世の全てを語ろうか？　とか脅《おど》すし。

男のあいつは論外だけど、女のあいつでもお断りだっての。

「収まった。ルトめ、何を始めたんだか」

と、安堵《あんど》したのも束《つか》の間《ま》。

『レ、レベル……1？』

あ、少女二人にレベルを見られた。

結構でかく表記されているから、見えちゃったか。

「大丈夫、大丈夫。クズノハ商会とライドウ様を足せば、まだ、大丈夫なのです」

「あ、あんな馬鹿げた真似をする連中の最たる存在のライドウがレベル1？　駄目、意味が分からなすぎて気持ち悪くなってきた」

うーん。いろはちゃんもモーラも騒いだりはしないみたいだけど、二人とも疲れが溜まっているな。

〝大丈夫〟は万能の魔法の言葉じゃない。

いろはちゃん、貴方疲れているのよ。

と、心の中だけで彼女を労《ねぎら》っておく。

ルトが冒険者ギルドのマスターだなんて話したら、諸々溢れそうだから、この辺りは自重しておくのが吉か。

聞かれたわけでもないしね。

……あ。

自分でもルトと同じ言い訳を思い浮かべてしまった。

なるほど……。

あの変態には今日の事をきつく問いただすつもりだったけど、気持ち優しく訊いてやるとしよう。

少しだけ、あの言い訳の意味も分かる気がしたから。

「ふむ……おい、いろは。儂のカードも見せて――」

「やめい！」

無意味な悪ふざけを仕掛けようとした巴を未然に防ぎ、僕らは静かで穏やかな旅を再開させたのだった。

◇◆◇◆◇

夜の帳《とばり》が下りたのとほぼ同時に、僕らは滑り込みでカンナオイの街に到着した。

「本当にここに、泊まるのですか？」

目の前にそびえる宿を見て、いろはちゃんが驚愕《きょうがく》している。

いや、それは僕も全く同じ心境だ。

宿が集まる区画の中でも明らかに別格というか。

具体的にどう別格かっていうと、多分今僕らがいる区画が、この宿を中心に構成されている。

純粋に真ん中にあるというだけではなく、最初にこの宿があって、その後に周囲が発展していったらしい痕跡が、ここに来るまでのそこかしこにあった。

僕は亜空で街ができていく様子を結構見ていたから、なんとなくそういうのが分かるようになった。

つまり、文句なしの老舗《しにせ》である。

オーラも凄い。

とても一人で入れるような風格じゃない。

既に宿は取ってあると聞いてはいたけど、ベレンにしろホクトにしろシイにしろ、よくここに泊まろうと思ったものだと感心するね。

道後温泉の有名な浴場をさらに大きくして、意味不明な増築をがんがん繰り返した結果、とでも言うべき外観だ。

ばっちり木造で、そこだけは懐かしさを感じないではない。

でも、ここまで魔改造されていると、和風九龍城状態《わふうクーロンじょうじょうたい》だ。混沌の極み。

「ほう、シイは宿を見る目があるようじゃな」

「ミズハの時よりもくつろげそうな所ですわ」

マジか。巴と澪は宿を気に入った様子だ。

僕はむしろ、最近自分にはビジネスホテルのダブルルームくらいがちょうど合うんじゃなかろうかと思い始めているのに。地下か最上階に大浴場があったら、ひゃっほうとか言って喜ぶ事間違いなし。

人外の二人とか森の民の方が僕より高級な宿に馴染むとか、どうかと思う。

僕の場合、ここまでの旅で使った馬車でだって、毛布一枚あれば十分快適に休めたからなあ。

途中、村で何泊かした時は言わずもがな。

「センジンバンライハンテン。カンナオイで間違いなく一番の宿なのです。私も泊まった事がないのです……」

いろはちゃんはこの宿を知っているらしく、声を震わせながら呟いた。

看板には確かに『千尋万来飯店《せんじんばんらいはんてん》』とある。

飯店って、中華料理かい。そこはなんとか屋とか、旅館某とかじゃないのかよ。

どうでもいい事だと思いつつ、千客万来じゃないんだな、とも考えてしまう。

「部屋も湯も食事も客の求めに応じるサービスの質も、当然のように値段も、カンナオイの誰もが認める最高のお宿です」

「そ、そこまで？」

客の求めに応じるサービスとか、何それ恐い。

コンシェルジェ的なモノでも存在するんだろうか？

客室ごとに専属の係がいるとか？

いっそ、僕は放っておいてほしいんですが。

しかし、いろはちゃんは真顔で頷いた。

なんか、口調は慄いていながらも、目はキラキラしている。

既に泊まる気満々だな。

ショウゲツさんと今後の事は話し合っていないんだけど、この娘、お家に返さなくていいのかな。

まあ、お金はある。

別に何人か増えても問題はない。

値段を見ると多分拒否反応が出そうだから、支払いは他の人に任せよう。

その辺りの高額なお支払いはまだ苦手なんで。

慣れないいんだよなあ、あの感覚は。

「数々の伝説を持つカンナオイ最古にして最高級の旅館なのです。とある富豪が迷宮の三層に広がる地下菜園を見たいと言い出したら、翌日、部屋付きの冒険者パーティが護衛をしてその富豪家族を無傷でそこまで送迎したとか」

……。

客室係とかコンシェルジェどころじゃないじゃん。部屋付きの冒険者ってなんだよ。

そりゃあ、その馬鹿富豪の無茶ぶりの後に宿が対応して冒険者を手配したってところなんだろうが。

迷宮まで連れていっちゃうサービスって、一体……。

まさか、あれか？

ノーと言わない接客業だの営業だのっていう、何やら無茶な香りしかしない信条でも持っているのか？

ローレル連邦の国民の気質……いや、認めるべきか。

賢人の臭いがする。

この、サービスに命懸けてる感。

日本人臭い発想です。

ルトの旦那の件もあるし、伝説の剣豪——イオリさんだったか——の件もある。日本人が関わっていても、なんの不思議もないな。

しかし、なら何故飯店なのか。謎だ。

いろはちゃんが説明を続ける。

「食事には、知る人ぞ知る裏メニューがあって、米と油と卵を使ったその料理は、食した者をまたこの宿に引き寄せる魔的な美味だとか」

チャーハン。

それ、チャーハンしか浮かんでこないんですけど。

あと、チャーシューとかレタスとか小エビとか、まあ諸々気分で入れて塩と胡椒《こしょう》と、あと醤油《しょうゆ》なんかで味付けするやつなのでは。醤油を入れたら焼き飯と呼ぶべきかな。どうなんだろう。

ちょっと久々に作りたくなってきた。

日本にいた時はそれなりのローテーションで作っていたのに、何故か今まで忘れていたな。

米の存在を絶対に思い出させるから、精神が勝手にチャーハンへのアクセスを拒否していたのかもしれない。

「美味ですか。そう、美味……しかも米」

澪の目が怪しく輝いた。

狙いは一目瞭然《いちもくりょうぜん》だ。

「お米はローレルでは主食扱いの食材で、私にもなじみ深いです。でもその料理だけはメニューに載っていなくて、その名を知る人だけが注文する資格を持つらしいのです。まさに伝説の一品。一生に一度は食べてみたいものです」

うむうむといろはちゃんが大きく頷いていた。

口の端から微かに光るものが見えたような、そんなものは見えないような。

しかしもう僕の中ではその伝説、チャーハンでしかないんだが。

ここが飯店なのも、妙に納得できる。

食感は若干違うけど、ローレルでは米が結構食べられているから、伝説のメニューがお米料理というのも、説得力がある気もする。

すとんときた。中華か。

あ、確か中国では飯店ってホテルの事だっけ。

ならホテル、旅館として普通なのか。

中華料理路線の高級旅館ね。

「米の逸品となると、是非食してみたいものじゃな」

もう巴も絶対食べる気でいる。

こいつの事だから、旅館の人の記憶を読んで注文するだろうし、裏メニューでも問題ない。

この感じだと、澪も手段を選ばずそのメニューの名前に到達するだろう。

間違いない。

ここまでの食事だと粘りが少なめの米が主流だったから、チャーハンならその特性も良い方に働きそうだ。

けど、カレーとチャーハンと唐揚げは、結局、誰もが我が家のレシピが一番美味《おい》しいという結論に至る謎の法則もある。

これは難しくなって……って。

何故チャーハンと決めつけているかな、僕は。いかんいかん。

「まあ、チャー――じゃなくて、その料理の事はひとまず置いといて、先にみんなと合流しようか」

いつまでも妙な事を考えたり、宿の外観に気後れしたりしていても仕方ない。

そう思ってみんなを促したちょうどその時、正面の出入り口からベレン達三人が出てきた。

っと、出迎えに来てくれたのか。

ちょっと外でごちゃごちゃ話しすぎていたな。

三人の方が痺《しび》れを切らして出てきたのだろう。

「ようやっと出てきおった。まったく、迎えが遅い」

「気が抜けているようですね。情けない」

巴と澪は、ベレン達が迎えに出てくるのを待っていたかのような台詞を吐く。

二人は時間つぶしのつもりでだべっていたのか。

僕は普通に部屋で合流すればいいって思っていたよ。

「若様、巴様、澪様。お待ちしておりました！」

ベレンが小走りにこっちにやってきた。

「みんな別行動お疲れ様。悪いね、宿まで探させちゃって」

「何を申されます！　我らとしても久々の遠出、一同奮起《ふんき》して事に当たっております！　どうかお気遣いなどなさらず!!　ささ!!」

おお、ベレンは気合い十分。

ホクトも寡黙な彼にしては、僕でも分かるくらい興奮している様子だ。

シイは……どこで覚えたのか、警察の敬礼などをしながら、ちっこい全身でドヤ顔のオーラを放っていた。

天然系のエリスを連想させるその仕草には、不安しかない。根は真面目な娘なのにな。

三人に先導されて高級宿に入る。

『いらっしゃいませ。クズノハ商会のライドウ様、巴様、澪様。お待ち申し上げておりました』

うっ。りょ、両サイドに旅館の従業員の皆さんがずらりと並んでおられるー!?

完璧に揃った言葉とお辞儀《じぎ》は日本式の歓迎。

テレビでしか見た事がない光景だった。

思わず、一瞬足が止まった。

凄《すさ》まじいまでの歓迎のプレッシャーだ。なんとかそれに抗《あらが》いつつ、僕は止まっていた足を再び前に進める。

建物の中に入ると、まずは広いロビーが目に入った。

人は沢山いるけど、騒がしくない。

建物の外観と違って、ロビーの雰囲気は洋風だった。

外国からの観光客を意識した結果かな。

ちょっと救われた点でもある。いきなり靴を脱いで全部畳……ってよりは入りやすかった。

フロントに当たる場所は、従業員が道を示すように並んでいらっしゃるから、一発で分かる。

あそこにいけばいいと。

了解であります。

巴も澪も平然としているのが、なんとも悔《くや》しい。

いろはちゃんも、既に場に対応しているようだ。

……まあ、お姫様だもんな。

風呂に入る時に服を脱がせてくれって言う子なんだから、むしろ馬車の旅よりはこっちの宿の方が彼女本来の領分だろう。

さっきはちょっと庶民的な事を言うから、僕の側かと勘違いしちゃったよ、まったく。

モーラも記憶がないくせに、いろはちゃんの隣を当然って顔で歩いている。

チュウゴさんも従業員を労いながら、気負った様子もなく〝世話になる〟とか言っちゃっている。

ここに庶民は僕一人しかいないって事ね。

はいはい、分かりましたー。

「いらっしゃいませ。ライドウ様」

「クズノハ商会のライドウです……しばらくお世話になります。えっと、何か手続きが必要でしょうか？」

多分大丈夫だと思うけれど、一応受付のお姉さんに確認する。

「お部屋の方は十日でお取りしております。既に手続きは済んでおりますので、問題ございません。ただ、そちらの皆様方につきましては伺《うかが》っておりませんので、恐縮ではございますが、いくつか――」

めっちゃ低姿勢な和服美人のお姉さんから、予定外の同行者それぞれについての情報を求められた。

でも、いろはちゃんを見た時に少しだけ間があった。

多分、名前とか、もう知っているのだろう。この街の名家のお姫様の一人なわけだから、別におかしくはない。

それでも僕に聞くのは、まあ、お約束というか、決まり事というかなんだろうな。

応じられるままに細かな追加の手続きをして、簡単な書き物を済ませていく。

（若、宿泊期間ですが、一月《ひとつき》ほどに延長しておきましょう。いろはの事もございますし）

巴が念話で提案してきたので、ちらっと目を向ける。

色々見物したいってところか？

十日もあれば十分だと思うけど……まあ、確保できるならしておいた方がいいか。

何かあった時、いろはちゃんを放り込んでおける安全な場所としても使えそうだし。

「すみません、宿泊期間なんですが、予定が立て込みそうなので、延泊を考えています。可能でしょうか？」

大人気の高級宿なんて、そうそう延長できない気がする。

その時はいろはちゃんをダンジョンにも連れていくか？

できればそれは避けたいなあ。

ショウゲツさんが引き取るのが一番だけど、まだそこは話してみないとなんともなあ。

……我ながら、いろはちゃんにはちょっと甘いと思う。

でもまだ幼さが残る娘で、イズモの許嫁。

ついつい気にしちゃうというか、結局甘くなっちゃうというか。

「はい。クズノハ商会様が今お泊りのお部屋でよろしければ、対応させていただきます」

お、意外。

いや、今取っている部屋なら、って言った。

……。

あー、ミズハの時と同じか。

そういう事ね。

「では、一月に変更お願いします」

「……一月でございますね。かしこまりました。では、お持ちの手形を拝見してよろしいでしょうか？　……当館の規則上の事ですので、何卒《なにとぞ》ご協力くださいませ」

いけてしまった。

十日と一月だと、規則が違うのか。宿も大変だな。

僕は言われた通りに彩律さん印の手形を見せる。

既に種別を知っていたのか、それともプロフェッショナルだからか。お姉さんは、顔色を変えずに、宿帳らしきものにさらさらと何事かを書き記していく。

「それから、宿泊料金について――」

顔を上げたお姉さんが、料金に触れる。

「巴」

お金の事は巴に任せる。

「はっ。こちら都合の延泊を受けてもらって感謝する。料金は前もって現金で支払う故、計算をお願いしたい」

「全額でございますか？」

「無論。当然追加の費用が発生すれば、出立《しゅったつ》の日に改めて精算してくれればよい。迷宮に出向く予定故、あまり宿に留まる時間は長くないかもしれぬが、よしなに頼む」

「皆様が少しでも快適に過ごせますよう、従業員一同力を尽くさせていただきます」

対応しているお姉さんが、深々と頭を下げた。

それと同時に、彼女だけでなく、他のフロントのお姉さんも、他のお客の対応をしていない従業員は、揃って頭を下げた。

「では早速ですまんが、先に主と他の者を部屋へ行かせて構わぬか？　長旅の疲れを少しでも早く癒《いや》していただきたいでな」

「これは失礼いたしました」

一瞬、お姉さんの目がどこかに向けられると、すぐに別の従業員が現れて、声を掛けてくる。

「こちらへどうぞ」

わざわざ案内してくれるのか。

もうベレン達が泊まっているんだから、彼らが部屋まで連れていってくれればそれで済むのに。

まあ、早く部屋に入ってこの緊張から解放されたいのは、僕の切なる本心でもある。

案内してもらおうかな。

僕は巴を残し、係の人に軽く会釈《えしゃく》をして、案内をお願いする。

歩き出してすぐ、何故か澪が巴の方を振り返った。

「巴さん」

「分かっておるよ。重ねて頼み事をしてすまんが、明日でも構わぬから、一つ食事で無理を頼みたい」

「なんなりとお申しつけくださいませ」

「うむ。実は中宮《ちゅうぐう》の彩律殿からこの宿の評判を聞いておってな。是非、チャーハンなるものを食してみたい」

既に読んでいたな、巴。

こういう時の巴と澪のアイコンタクト能力は、驚嘆《きょうたん》の一言に尽きる。

そして彩律さんの名前をさらっと出した。確かにあの人なら、聞いた事のない話を急に振られたとしても、事情を察してうまく対応してくれそうだ。

そしてチャーハンで正解か。

僕の記憶を読んでいる巴なら、どこかで見ているだろうに。

後で〝ああ、これがチャーハンでしたか〟と言われている場面が、容易に頭に浮かぶな。

「……早速、本日の夕食にてお楽しみいただけますよう、手配いたします」

「迅速《じんそく》じゃな。心地よいぞ」

「恐れ入ります」

宿代と同じく、チャーハンが一杯いくらかは考えない事にしよう。

終始澄ました顔をしていたいろはちゃんが、目を一瞬見開いたが、口元が笑みを浮かべ……ようとするのを必死に堪《こら》えている。

どんだけチャーハンが楽しみなんだ。

さあて、魔増築されたこの建物の、どこが僕らの部屋なんですかね。

僕は今度こそ巴を残して館内を進んでいく。

……。

これ、迷う。

館内案内図が多分ラビリンス。

迷宮の前哨戦《ぜんしょうせん》かと。

へえ、中庭もあるんだ。

……って、今いるここ、三階じゃなかったっけ？

大体、この建物自体が結構高い所にあったような。

迷宮からは遠い位置にあるから、あのでかい外壁の圧迫感がなさそうなのは嬉しい。

ツィーゲのもそうだったけど、巨大な壁ってのは、それはそれで見応えがあるから、そのうちじっくり眺めたくもある。

「当館は斜面を利用して建築されている部分もございまして。皆様にご滞在いただく離れは、お風呂からの景観も、お部屋からの夜景も、きっとご満足いただけるものかと」

係の人が、僕の心を読んだかのように中庭の説明をしてくれた。

僕は案内されるまま、その中庭を歩いていく。

外に出ちゃったよ。

そして景色も楽しめる部屋なのか。夜は夜景まで？

まさに至れり尽くせり……って、離れ？

「マジか。本気と書いてマジか」

「お部屋はあちらになります。もちろん、この中庭からお部屋まで厳重に警備を行っておりますので、不審者などの心配はございません。かつて中宮様や巫女様をお迎えした事もある、当館自慢のお部屋でございます」

確かに。

五人ほどがこの場所だけの警備に当たっているみたいだ。

界で探れば僕も分かるけど、そうしなければ気付かないくらいの隠密ぶり。

まさか、この人達が部屋付きの冒険者？

え、シノビの者なの!?　予想外が続きすぎるよ!?

「それではどうぞ、ごゆっくりお過ごしくださいませ。お部屋の詳しい説明などは、巴様がお見えになりましたら、担当の者より改めてさせていただきます」

離れの入り口の戸を開けてくれた案内係の人は、静かに脇に下がり、僕らが入るのを待っていた。

そして一礼すると、最後まで上品に去っていった。

「中宮様と巫女様が滞在なさったお部屋だなんて……はふぅ」

あ、〝です〟が消えた。

僕らだけになった途端、震える声でそう呟いたいろはちゃんが玄関でダウン。

腰砕けになって下駄箱にもたれかかるように崩れ落ちた。

「ちょっといろは⁉　しっかりしなさいよ、ただの桁違いな豪華旅館じゃない。こ、この程度、全然大した事ないわよ！」

寄りそうモーラも強がりつつ、足がガクガクしてるように見える。

「はて、チャーハン、聞き覚えがあるような……」

静かにしていると思ったら、澪の奴……頭の中ずっとチャーハンでいっぱいかよ。

しかし夕方というか、もう周りが暗くなってからの到着だったのに、それでも夕食が用意してもらえて、しかもリクエストまでできる。

これだけでも十分凄いサービスだよなあ。

えらい所に来てしまったよ。

こんな凄い宿から、ダンジョンになんて、本当に行けるんだろうか。

狭くて、暗い、ダンジョンに。

あー、そこだけは気が滅入《めい》る。

庭がある。

でかいとはいえ、宿の三階に離れがあるってだけでももはや不思議なんだけど、僕らが案内されたそこには、さらに庭まであった。中庭で、三階で、離れで、庭園ときた。

入り口からまっすぐ進んだ部屋の窓から、なんちゃって日本庭園が鑑賞できる。

いや……僕の感覚だと、庭にヤシっぽい木があったり、カラフルな果物が何種も色づいていたりするのは違和感があるけど、これも日本庭園って枠には入っているかもしれない。

流石に庭とか詳しくないし。

ただただなんじゃこりゃ、って感じです。

中はフローリングの廊下と畳の部屋を組み合わせている。和洋混在ながら、こっちはなんとなく落ち着く。

僕の実家もこんな感じだったからかもしれない。

しかしながら……部屋が四つに、二人並んで歩ける広い通路か。

千尋万来飯店、恐るべし。

「ささ、若様こちらへ」

部屋を見て回った後に、庭を見つけてぽかーんとしていた僕に、ベレンが着席を促した。

上座を勧めてくれた彼は、エルダードワーフの中では一番僕と話している人だと思う。

庭が見える部屋には四角いテーブルがあり、その周りにいくつも座布団が敷いてある。

僕が座ると、次いで澪が、それから手招きに応じていろはちゃんとモーラが腰を下ろす。

勧めはしたけど、ベレン達は立ったまま。

巴が来るまでは座るなんてとんでもない、って事らしい。

森鬼のシイは困った事にエリスをリスペクトしているとかで、色々と言動を真似ているようだけど、ベレンの隣でしおらしく立っている。

これが本家のエリスなら、客にあたるいろはちゃんを座らせるついでに自分もちゃっかり座る……間違いなく。

その辺りは真似しきれてないシイだった。結構真面目で体育会系な娘なんだ。

森鬼のアクアとエリスは、何故か後輩から結構憧れられている。体育会系の子は、男女問わずアクアの方に惹《ひ》かれやすいんだけど、何故かシイはエリス寄り。

シイの戦い方は森鬼には珍しく近接系で、体格に似合わない金棒をぶん回すパワー型。

これはアクアにもエリスにも似ていないな。

横にいるホクトは、アルケー四人衆の一人。真面目で戦いが好きな人だ。

僕との関わりはそれほど多くないけど、忍者が好きだとか、巴から聞いた事がある。

見た目はガタイのいい大男ながら、糸を使ったテクニカルな戦い方を展開する。

この二人が今回の同行人に選ばれたのは、巴の〝配役に体格と実力が一番合うから〟という、愉快な申し出からだ。

ちなみにベレンは、武器はなんでもそれなりに扱えるけど、一番得意なのは斧《おの》。魔術は自己支援と回復が使えるものの、他は不得手らしい。

なら戦士かっていうと……それも少し違う。彼の戦い方は、特殊な効能のある武具や道具を多数携帯し、それを駆使しながら斧での決定打を狙うスタイルだ。

観戦した印象だと魔法戦士という感じだな。

……ん、来たか。

ローレル入りしたクズノハ商会の面々の事を考えていると、入り口に人の気配を感じた。

「遅くなりました」

そう口にして、巴が顔を出した。彼女は座っている僕と澪、いろはちゃんを確認して頷くと、自分の場所を察して座布団に腰を下ろす。

「悪いな、面倒な事を任せて」

「なんの。名のある宿らしく、チャーハンの他にも美味《うま》そうなものが沢山ありました故、数日はここでの夕食を楽しめそうですぞ」

「巴さん、流石です。ぐっじょぶです」

僕が応える前に、澪が満足げにサムズアップした。

「任せておけ、澪。旅先で名物を食う。それもまた旅の醍醐味《だいごみ》というものじゃ」

「仰る通りです。チャーハン、一体どれほどの米料理なんでしょう……」

巴と澪が珍しく息ぴったり、ニコニコしている。

二人が上機嫌なのは、僕としても嬉しい。

後は誰の口からも面倒な報告が出てこなければ、言う事なしだな。

「おお、お主らもご苦労じゃったな。ほれ、ささっと座れ。報告を聞こう」

ベレン以下三名が、巴の言葉に従って座る。

……正座で。

い、いや確かにそれは間違えちゃいないけど、大丈夫だろうか。

ちなみに僕はあぐらを、澪は足を少し横に崩している。

巴といろはちゃんは正座だ。巴は慣れているし、いろはちゃんも自然にそうしていた。

でも、少なくとも亜空でベレン達が正座しているところって……見た覚えないんだけど。

まあ、自分からやったんだから、僕が気にする事ではないか。

「む、では私から」

他の二人と目配《めくば》せをしてから、ベレンが頷いた。

報告は彼からか。

確か、北の山脈からローレルに入国したんだったか。

馴染みのドワーフ達が北側に住んでいるらしい。

「ベレンか。いいじゃろう、始めよ」

「はい。私は若様達とは別行動かつ別の方法で入国して、情報を集めよとのご命令を受け、北方の霊亀山脈《れいきさんみゃく》を越えて、山岳帯を経てカンナオイ入りいたしました」

「霊亀山脈⁉　北の国境の、あの……」

思わずといった様子で、いろはちゃんが口を挟んだ。

「あ、ええ。その通りです、お嬢さん」

いろはちゃんの扱いに迷っている様子のベレンを、巴がフォローする。

「いろは、すまんが少し黙っておれ。ん、そうじゃな。ベレン、ホクト、シイ。紹介しておこう。この娘の名はいろは。縁あって儂らとしばらく行動を共にする客分じゃ。もう一人の女子はモーラ、残りは竜騎士のチュウゴ。竜騎士の方は、なんとかスカウトしたくなるほどの名優ぶりよ。ではベレン、続けよ」

そういえば、三人にはちゃんと紹介してなかったような……したような。

どうだったっけ。

まあ、今巴が紹介してくれたからいいか。

「はっ。知己《ちき》のドワーフの里に立ち寄った後、亜人の集落を中心に獣道を進みました。そこで気になったのは、亜人のヒューマンに対する好意の高さ、それにヒューマン側からの亜人への態度ですな」

「他国に比べれば大分マシじゃったか？」

「はい。ただ……どちらも賢人と呼ばれる特殊な存在が緩衝材代わり《かんしょうざいが》になっていますな。亜人達の好意は正確には賢人に向けられております。それが賢人に好意的なこの国のヒューマンにも間接的に作用している、といったものです。ヒューマンから亜人への比較的柔らかな態度も……賢人が亜人に寛大《かんだい》だから、というのが影響しているようですな」

……ふむ。

確かに賢人《にほんじん》なら、この世界の多くのヒューマンよりは、亜人に対して平等かつ好意的に接するだろう。

その彼らが亜人から好かれ、結果賢人を積極的に保護するヒューマンとの仲も比較的良好になっていると。

良好ね。なんとなく歪《ゆが》んだ関係にも見えるけど……突っ込むのは野暮《やぼ》か。

実際、それで他の国よりもお互いの印象が良くて、暮らしの環境も良いというなら、触れるべき問題じゃない。実際に上手くいっているという事実はとても大切な事だ。

「ですから、賢人が不在の期間が長いと、どうしてもヒューマンと亜人の関係は悪化していく傾向があるようです。過去何度か、そこそこの衝突もあったようで」

「嘘です！　それは！　あまりに過分な権利を主張する、増長した亜人の方こそ――」

「いろは、後で聞く。何度も言わせるでない」

再び話に入ってきたいろはちゃんを巴が窘《たしな》めた。

「は、はい。すみません、です」

「私が最初に訪ねたドワーフの里は、ヒューマンとの関わりはあまり深くなかったようで。山深い場所から居を移す事なく、当然衝突もありませんでした。しかし途中に立ち寄った山里のいくつかでは、先ほど申し上げたような事実がありました。間違いありません」

「疑ってないよ、ベレン。続けて。亜人とヒューマンの関係については分かったから、他をね」

僕はベレンに頷いて、話を進めさせる。

「では。先だって巴様には報告しましたが、改めまして。道すがら、腕の確かな職人や特に移住を望む亜人達に〝クズノハ商会〟の事を教え、そのうち先方が積極的だった何件かについては、既に移住の手筈《てはず》を整えてございます」

ああ。確か巴から前に聞いた。

最初に訪れたドワーフ達の他にも、結構亜空に来たいって要望があるとか。

移住に積極的なのと完全にイコールではないけど、半数以上の集落が、ヒューマンに辟易《へきえき》しているとも。

ベレンが話を既に進めている人達については、恒例の最終面談ってやつで近いうちに会う事になると思う。

「確認だけど、その中に、現状でローレルと深く関わっているような種族や集落はないんだよね？」

「もちろんです。若様より賜《たまわ》った厳命、しかと心に刻んで、一時《いっとき》も忘れてはおりません」

「ありがとう。じゃあ、次なんだけど、僕から先に聞きたい事があるんだけど、いいかな」

ベレンなら僕らよりも詳しそうな、あの謎の妖精についてだ。

髭の、いや強い、でも髭の、可愛い。

まあ……髭だ。

「私が道中見聞きした事であれば、なんなりと！」

「じゃ単刀直入に。マリコサンって何者？」

「……マリコサン、ですか」

「うん」

ベレンのテンションが下がる。その名を聞いて、しゅんとなった感じである。

うーん？

「主にヤソカツイの大迷宮に住まうダンジョンの妖精、としか。土の妖精繋《つな》がりであれば、ドワーフとも関わりはありそうですが、詳しい事までは……申し訳ございません!!」

「あ、いや。謝らなくていいって」

「分かる事と言えば……大きさはこの程度。可愛らしいオーバーオール姿の娘でして。それから工事帽やらハンチングキャップやら獣の耳を模したものやら、とにかく、どの個体も帽子を好んでおります」

お、おお？　何か具体的な情報出てきた！

ベレン、流石!!

でも、あれ？

なんかどこかに引っかかっているぞ、僕。

どこだ？　えっと……。

「体力はそこそこにあるようですが、横着なのか、歩くのを嫌い、基本的には浮遊している事が多いそうです。妖精と精霊の間に位置するような不思議な特性をいくつも持っているとの情報もありました」

ベレンの説明のどこに引っかかりを覚えたのか思い返している間も、マリコサンの説明は続く。

可愛らしいオーバーオール姿のむす……あ!?

分かった！

「マリコサンって、女の子しかいないわけ？　それって種族として相当レアなんじゃ？」

まあ亜空にはゴルゴンなんて種族もいるけど、はっきり言って、彼女達以外に女性だけの種族には出会っていない。相当レアな種族なのは間違いない。

ちなみに、直接遭遇こそしてないけど、ゴルゴンの反対、つまり男だけの種族も、かなり珍しいが存在はしているらしい。知識だけながら、オーガ・レクスっていう鬼人種と、ベイルゲイザーって単眼魔獣種が、確かそうだった。

マリコサンもその手の種族なら、彼らみたいに名前がもっと広まっていてもいいような。

「これは信憑性《しんぴょうせい》に乏《とぼ》しい情報だと私は思うのですが、マリコサンなる種族は特殊な鉱石といくつかの条件を揃える事で、その、〝増える〟んだとか」

「増える。それって、あー、繁殖的《はんしょくてき》な意味で？　それとも……増殖的な意味で？」

「どうで、しょうか」

ベレンは困った顔で返答に詰まる。

無理もない。

鉱石と何をして増えるんだよ、一つ分かったと思ったら、それ以上に分からなくなるな、本当に。

「……ベレンの話を聞く限り、ソレは固有の種族というよりも、精霊の出来損ないか何かじゃありません？」

澪が一つの推論を口にした。

確かに、ベレンも妖精と精霊の間と言っていた。

下位の精霊は、それぞれの属性が強く働く場所で自然発生するもの。

となると、かなり精霊寄りの種族か？

「ありえる仮説じゃが、果たして精霊寄りの種族が上位竜の傍になどおるものかのう。上位竜と精霊は、基本的に宗教戦争レベルの敵対関係じゃぞ？」

巴が澪の意見に首を傾げる。

条件は満たしているけど、関係が当てはまらないか。

ルトと巴曰く、精霊は女神の僕《しもべ》として、この世界で創造された存在。

彼らは四大属性をはじめ、多くの自然を司り……結果、〝元から〟それらを管理、または体現してきた存在——たとえば、上位竜とか——に、取って代わった。

ルト達の方も、そういう扱いを甘んじて受け入れたわけでもなく、大昔の話ながら、結構な争いが水面下で起きていた時期もあったらしい。

何故か上位竜をはじめとして、古い種族ほど精霊と確執《かくしつ》があるケースが多いのは、こんな経緯《けいい》のせいだと、天才にして変態の某偉い竜に以前聞いた。

現存するどんな歴史書にも書かれてないそうで、これを知っているのは、今生きてるヒューマンの中だと僕だけらしい。

下手に喋《しゃべ》ると教会が総力を挙げて消しに来るから、しーっだよ——とか、口元に人差し指を当てながら満面の笑みで呟いたルトの姿が、今でも思い出せる。

ええ、聞きもしないのに勝手に気持ちよく話して、教えてくれましたとも。

あっと、駄目だ。今は報告に集中しないと。

未だに捨てられてない悪癖《あくへき》だな。

気分転換にいろはちゃんを見ると、頭付近にハテナマークが浮いているのが見て取れる。

彼女にとって、マリコサンはマリコサンであって、どういう存在かはあまり問題ではないのかもしれない。

カンナオイにとってマスコット的な存在なのは確実だし。ゆるキャラってところでしょうかね。

「はい」

唐突に挙手したちっこい森鬼に、続きを促す。

「なに、シイ？」

「もっとシンプルに考えればいいのでは？　私達もマリコサンについて色々調べたんですけど、結果から考えると、意外と分かりやすいかなあ、なんて」

「結果？」

「ダンジョンに、珍しくかつ謎の妖精が確かに存在するって点だろうか。

「上位竜の一角ドマの棲処《すみか》でもある、現在確認されている中で世界最大の迷宮に、ダンジョンを好むらしい妖精種族がいる。つまり……物凄く単純に、利害の一致で共存しているだけ、とか」

『……』

巴も澪も、それどころか僕もベレンも、元々沈黙していたホクトも、じーっとシイを見る。

「やー、上位竜って一口で言っても、方々《かたがた》性格も全く違いますし？　そのマリコサンって妖精だか精霊だかは、ダンジョンを司る精霊っぽいモノと、まあ大雑把に考えちゃえば、お互い相性ばっちりだし、いっそ同棲《どうせい》しちゃわない、なんて。どうです？」

面倒くさいから、書類全部丸めてゴミ箱にポーンって感じか。

いいね。そういうの、僕は結構好きだ。

でも世の中の方はそういうの大抵嫌いなんだよなー。

結果として余計こじれる、ってね。

「……ふぅ。普段ならとっくにハリセンでも見舞っておるところじゃが……あのドマじゃからなあ。なきにしもあらず、じゃのう……」

はぁ!?

一番に口を開いた巴が、なんとシイの意見を肯定するとも取れる言葉を発した。

「死ぬまで寝てた事も何度かあるらしい貴方に、そこまで言わせる竜ですか……。言っておきますけど、ルトよりも酷ければ、私、色々考えるのをやめて、本能に身を任せますからね」

「止めんよ、約束する」

呆れる澪に同調し、心底うんざりした様子で、巴が嘆息《たんそく》した。

巴の感覚でも、ルトよりも性格的に駄目な可能性があるんだな、ドマは。

「ダンジョンの精霊か。ま、実際遭遇するんだろうし、当面はそう思っておくか」

「あまりお役に立てず申し訳ありません、若様」

「いや、十分助かっているから」

テンション低めのまま謝罪を口にするベレンに、僕はすかさずそう応えた。

実際随分頑張ったようだし、物資も色々と見て回っていたであろう事は、彼の荷物を見ても分かる。どうやって背負ってきたんだと言わんばかりの物が、ここじゃない別の部屋に詰め込まれていた。

「私の方ではマリコサンについてはその程度の情報しか集められず、また迷宮の深層に陣取る傭兵団についても、亜人の間にはあまり詳しい情報が出回っていませんでした。ですから、後は目についた物資や特産物について……あ」

「何？」

「すぐに戻りますので、少々お待ちください！」

ベレンからの報告はこれで終わりかと思ったら、彼は何かを思い出したかのように部屋を飛び出て件の荷物部屋へ行った。

物資やら特産物については、まとめて亜空に移して、そっちで調査なりなんなり進めればいいんだけど。

ほんの数秒程物音がした後、ベレンは一目で特殊な物だと分かる、布にくるまれたナニカを抱えて戻ってきた。

結構大きいな。それに、そこそこ重そうだ。

長細いから棒状の物、剣か槍だろうか。

「一つ、面白いというか、性質《たち》がちと悪い……そういう武器がございます。保存していたドワーフの里長から、是非若様にお見せして、よければ手土産に献上したいと言伝《ことづて》を受けておりました」

「剣か、槍？」

予想をストレートに告げてみる。

残念だけど、どっちにしても、僕が持ってもあんまり上手に使えそうにない。

「剣です」

「ほぉ」

ベレンの返答に若干の興味を引かれたのか、巴が中身を気にするような相槌を打った。

「……恐らく巴様がお気に召す物ではありませぬが。大昔、恐らくは賢人の一人と思われるイオリなる人物が生涯の愛剣とした竜殺しの魔剣『エインカリフ』にございます。ご覧くださいませ」

「……竜殺し、ですって？」

竜殺しと聞いてモーラの目が僅かに敵意と嫌悪を宿したけど、それどころじゃない。

いろはちゃんが突然立ち上がり、直立不動の姿勢で意味不明な事を喚《わめ》く。

「！？！？　イオッエイ⁉　あ、あう……はふぁぁ」

ベレンが布を解き、現れたのは細く長大な一本の剣。

それを見た瞬間、いろはちゃんがそのまま後ろにひっくり返った。

「ちょ、いろはちゃん⁉」

僕は床に墜落《ついらく》する彼女を慌てて受け止めて、ほっと一息。

イオリね。確かいろはちゃんが好きな歴史上の英雄だっけ。

「今度は気絶か。いろはにも困ったもんじゃが、大人しくなってよいか。しかし、竜殺しとはのう」

巴が目を細める。

やや不穏《ふおん》な気配が漏れ出るものの、まだ好奇心の方が勝《まさ》っているのか、物騒《ぶっそう》な気配でもない。

ただ森鬼のシイだけは散々しごかれているせいか、巴の変化にビクンと反応し、体を震わせて、背筋《せすじ》を伸ばした。

……竜殺しの剣か。

一瞬ソフィアの姿が脳裏に浮かんだ。

あいつの剣はもっとでかかったな。

それに比べて、こっちは随分と華奢《きゃしゃ》な感じだ。

刃に毒でも垂らして使うつもりなのか、やけに複雑な紋様というか、継ぎ目というか、よく分からないけど、やたら細工がしてあるみたい。

〝鱗《うろこ》なんてバターだぜ〟とばかりに真っ向からぶった斬るというよりも、何やら特殊な効果を持っていて、結果的に竜に強いとか、そういうものかね。

ベレンが言った性質が悪い部分については今一つ分からないけれど……確かに、これまで見てきた武器とは何か違う感じはする。

はて。

「この魔剣エインカリフは当時我らの先祖達の間で流行《はや》った、とある特殊な樹を核にして打たれたうちの一振りでして……」

ベレンの解説が始まる。

澪以外はそれなりに興味を持って彼の話に耳を傾けているようだ。

特殊な樹か。そこが他の武器との違和感の正体かねえ。

でもなんとなく、僕の弓〝アズサ〟とも少しだけ似ている感じが、しないでもないような。

(ホントかよ、兄さん。随分頼りねえお言葉だが、俺のお仲間、知ってんのかい？　マジで？)

？

何か、聞こえた。

「若、どうかされましたか？」

「……いや、なんでも」

巴にそう答えながらも、僕は周囲を見回す。

僕以外は誰も何も気にしている様子はない。むしろ、突然きょろきょろしだした僕を、皆が気にしたくらいだ。

でも、幻聴じゃなかった。

一緒にいて会話をしているような、確かな存在感があった。

若干軽くてチャラかった気がするけど。

(ひでえな。やっと久しぶりに外に出て、面白い連中の所に来られたのによ)

ああ。最近見境がなくなって、どんどん色んなモノと話せるようになってきてはいた。

なるほどね。目の前の和風のテーブルに置かれた剣を見る。

こいつか。

(大当たりだよ、兄さん。なかなか適応力がある兄さんじゃないか。オレはエインカリフ。イオリの爺さんに生涯付き合ってやった、至高の竜殺し、その人ってわけだ)

とうとう武器とも話せるようになったか、僕。

確かに、石とか樹とか、人どころか、動物からも大分離れたものとも会話できるようになってきていたもんなあ。気を付けないと、変人扱いがさらに加速するなあ。

……はぁ。

(安心しなよ、兄さん。オレが話せるのは使い手たる資格を持つ、ごく一握りの剣士だけさ。決して兄さんがおかしくなったわけじゃねえ)

僕は剣士ですらないから、全く安心できない状況だ。

ああ……アズサに似ているって感じたのは、あれを使っている時の、自分と弓の意思が繋がっているような感覚を思い出したからか。

(あれ。待て、おかしいぞ。確かに兄さんは剣士じゃねえな。オレはオレと〝合う〟使い手としか話せねえように作られたはずなんだがな。うん？　まあ、細けえ事はどうでもいいか。オレも随分と話し相手がいなかったからよ、まずはしっかり自己紹介を済まさせてもらおうじゃねえか)

ベレンの解説が右から左に通り抜けていく。

頭に入ってこない。

一方的に話しかけてくる珍妙な剣エインカリフが、自分の来歴やら実績を、それはもう朗々と語り続けてくるからだ。

あと、少しだけ人離れしていく自分自身への憐憫《れんびん》もあるな。

いろはちゃんは一向に目覚めないままだ。

剣のお喋りとベレンの報告を同時に聞いて、徐々に、そして順調に混乱が深まっていく僕に、救いが訪れた。

キンコーンと、やや部屋の雰囲気に合っていないチャイムの音がして、次いで声が聞こえた。

仲居さんだ。

食事が用意できたから都合が良い時に呼んでほしいという内容の連絡である。

ベレンの報告は既にすっかりドワーフの鍛冶《かじ》がどのような歴史を歩んできたか、その時々の流行りはどうだったかという、武具講義と化していたから、実にちょうどいいタイミングだった。

エインカリフは変わらず上機嫌で話し続けている。

少し冷静に、落ち着いて心の中で呟くような思考はこの剣には漏れず、特に何も意識せず、ぼーっと思い浮かべたようなそれは、彼にも伝わる。どうやら剣との会話のルールはそんなものらしい。

もちろん、ちょっと試して反応を窺っただけだから、まだ絶対じゃない。

……散々第三者に頭の中を見られてきているせいで、僕自身、その辺りがルーズになりつつあるけど、一応プライバシー的な意味で、安全圏が分かったのはプラスだと思う。

「では、続きは食事を挟んでからという事で、どうでしょう、若」

「いいね。ならすぐに運んでもらおうか」

「はっ」

僕の了承を受け、巴が部屋のチャイムを鳴らして食事の用意を頼んだ。

すると、数十秒後。

どこに待機していたのか、食事の匂いとともに数人が離れに入ってきた。

ここは離れで、結構廊下とかも長かったわけで、一体どういうフォーメーションならこの……もはや荒業レベルの早業《はやわざ》がなせるのか。

接客、そしてサービス業の闇は深いね。感動を通り越して怖いわ。

ん？

ベレン、ホクト、シイが当たり前のように立ち上がり、部屋を出ようとする。

これから食事にするって言っているのに。

「ベレン、それにみんな。どこ行く気？」

「はい、私どもは別室でいただこうかと。若様と同席して食事など、畏れ多いですから」

「……はぁー。構わないから一緒に食べようよ。食事はみんなで食べる方が美味しいしね」

「し、しかし」

「いいのいいの。僕は気にしない、どうせ澪は後でみんなの感想も聞きたがるだろうし、食べた時に話せば一回で済む。巴はホクトやシイの話に興味ありありだから、食べながら軽い報告を始めれば、時間短縮にもなる。ほら、良い事ずくめだ」

……巴に関しては、好物認定した料理を他の人から強奪したいって黒い策略もあるだろうし。

僕はともかく、いろはちゃんが可哀想だ。

澪の分を狙って怪物大戦争が始まるのはごめんだ。

この三人にはちょっとした避雷針……いや、巴が万が一、自分の分だけで満足しなかった時の保険……そう、保険になってもらおう。

さっき言った建前も一応本当だしね。

「ほ、本当にご一緒させていただいてよろしいので？」

「もちろん」

「くどいぞ、若がよいと言っとるんじゃ。さっさと座らんか」

「でしたら、すぐに正装に着替えてまいり……っ！」

「座れと言っているでしょう、まったく。それに部屋食で身内ばかり。正装など必要ありませんわ。ねえ、若様」

緊張しまくっているベレン達の説得に、巴と澪も加わってくれた。

澪は扇子《せんす》をすいすいと宙に泳ぐように揺らし、何かして三人を強制的に座らせたけど。

僕は澪の言葉に頷く。

「あく――じゃない、商会のみんなは家族みたいなものだから」

旅館風の宿で部屋食なんだから、一人ずつ膳《ぜん》が並ぶ会席コースっぽい食事が来るんだろう。

それなら各々、あんまり気にせず食べればいい。

部屋食で身内ばかりってのもその通り。服装なんて気を遣う必要もない。

「失礼いたします。……皆様、こちらでのお召し上がりでよろしいでしょうか？」

「ええ、準備をお願いします」

仲居さんの頭っぽい人からの確認に、僕は首を縦に振る。

「かしこまりました」

そう言って、彼女は視線を廊下に移した。

「ほう？」

巴が面白そうな声を出す。

二人の仲居さんが大きな円形の物を運び入れ、僕らが囲んでいた大木をそのまま切り出して、天板にしたであろう大きなテーブルの上に載せた。

え、これって。

まさか。

「少し隙間があるのう。これも今宵の料理の趣向のうちか？」

「はい。カンナオイ周辺に昔から伝わっている装置でございます。こうして……」

間違いない。

説明の最中に仲居さんが円形の、〝もう一つのテーブル〟に手を掛けて、力を入れてみせる。

巴の指摘通り隙間があるため、円形のテーブルの方が回った。

何度も見たわけじゃないけど……これはアレだよ。

古い中華料理のレストランとかで見る、アレだ。

という事は、今日の料理の傾向って、和食でも和風でもなくて……中華メイン⁉

だからチャーハンだけじゃないのか！

てっきり懐石料理《かいせきりょうり》もどきか、ちっちゃい鍋とか刺身系までごっちゃになったのを予想してた。

あとＳＵＳＨＩとか。

それにしても回る円卓とか、昭和を思わせるセンスだ。

ご馳走《ちそう》といえば中華料理だった時代の賢人が、ここの料理に関わったんだろうか。

「回っておるな」

「はい。この円卓の上に大皿の料理を載せまして、順番に回して取り分けていただく、そのような形式でございます」

予想通りの回答。ザ・中華である。

そして次々と料理が並べられていく。

それは炎と油の芸術と呼ばれた、ある意味懐かしい外国の料理。

ちなみに、中華料理と名乗っている場合は、中国の料理を日本人が自分達の好みに合わせて改変したものを、中国料理と名乗っている場合はそのままを出しているんだとか。都市伝説じみているから、僕はその説については実は半信半疑だったりするけど。

別に中国料理って書いてあっても、餃子《ギョーザ》をおかずにご飯を食べられるし、そんなに気にするほどでもないと思う。本当のところはどういう違いなんだろうね。

弓道部にいた、やけにそれにこだわっていた奴が言っていた。

中華料理気分で気軽に四川料理《しせんりょうり》の店に行くな、奴らの麻《マー》と辣《ラー》は舌を殺す……とかなんとか。

意味が分からなかったな。

そもそも、四川料理と中国料理はまた違うんだろうか。

中華料理とは違うんだろう。

単純に、麻婆豆腐《マーボーどうふ》は美味しい、じゃダメなんだろうか。

なんか、どうでもよくなっていた謎が、また気になってきたじゃないか。

「バンバンジーに、イカを炒めたやつ、鶏の唐揚げ、それは酢豚か。あ、エビチリ！　そうか、それがあったな、中華。それに……エビマヨも、だと？　平成じゃないか。そのなりで、食べてみたらエビシロップとかエビシュガーだったら、もう怒るレベルだぞ？　分かっているよな……エビマヨ（仮）」

「これらの中には街の食堂でも気軽に食する事ができるメニューもございますが、すべて最高の材料を使い、当代一の料理人が仕上げております。必ずや旅の良い思い出の一つにしていただける味であると自負しておりますので、どうぞごゆっくりお楽しみくださいませ」

僕がいくつかの料理を知っていると見て、こちらに視線を向けた仲居さんが、柔らかに微笑んで補足してくれた。

要は、うちのは他で出しているものとは別物だぜ、へへ……って事だね。

あ、チャーハン来た。

香ばしい匂い……これ、醤油を焦がしたような匂いも少しする。

って事は、それらしい調味料がここにはあるのかも。

いいねいいね。

この世界ならではの使い方もあるかもね。

それから……あれはデザートかな。

杏仁豆腐《あんにんどうふ》と寒天《かんてん》がキューブ状にカットされて、フルーツと一緒に透明なシロップの中で浮いている、中華風フルーツポンチみたいな。

今はもう随分遠く感じる昔の記憶に頼った推測、多分それほど外れてはいないと思う。

後は、黒くて大きな鉄鍋の中で、赤い料理がぐつぐつ音を立てている。

見た目は麻婆豆腐っぽい。

だけど、僕の記憶にあるその料理とは部分的に違っていた。

黒っぽい粉が大量に振りかけられているし、素揚げしたのか、鮮やかな赤い色をした形そのままの唐辛子がこんもり乗っかっている。

ま、あれは飾りか。

豆腐もひき肉も入っているようだし、見た目重視の映《ば》える麻婆豆腐ってところかな？

結局、かなり大きかった円卓を埋め尽くす勢いで次々と料理が並び、大量の取り皿も用意された後、仲居さん達は去っていった。

いろはちゃんを起こし、すっかり中華料理の香りに支配された部屋で、僕が一言挨拶した後、カンナオイ初日の夕食が始まった。

◇◆◇◆◇

中華円卓あるある。

回転は喧嘩《けんか》を生む。

僕の両脇に巴と澪がいる時点で読めた未来だった。

僕からどっちに回すか、ただそれだけの事で火花が散る状況になろうとは。

さっさと僕が二人の分を取り分けたら、簡単に鎮火《ちんか》したけどさ。

あっちこっちとぐるぐる回すのは、確かに面白いギミックなんだと思う。

結果的にはみんなも楽しんでいたしね。

いろはちゃんとモーラの目が、おもちゃを見つけたお猫様のようになっていた。

料理の内容も概《おおむ》ね良かった。

まさに中華料理。

炒めて、揚げて、あんをかけて。

バンバンジーの胡麻だれっぽいソースも良かったし、酢豚の酸味も、僕が好きな系統のやつだった。唐揚げっぽいのも、大ぶりながら丁寧に作ってあって、皮がパリサク、下味はお見事で、言う事なし。揚げた後でぶつ切りにしてあって、これまで食べた鶏の唐揚げとは違う作り方なんだろうな。

そうだ、エビチリも良かった。

あんのとろみが少なくて、エビは随分と大きいのを使っていて……うん、あれは良いモノだったね。僕的に今日一番。ただの辛味酸味だけじゃなくて、慣れない刺激というか、痺れるような辛さが割と幅を利かせていたのも、僕としては美味しかった。

ただ。

エビマヨと麻婆豆腐。

お前らは駄目だ。

エビマヨの形をしたエビスイート生クリーム、滅べ。

今回お留守番にした識の怨念かと思ったわ。

あれでエビサワークリーム辺りならまだ許せた、かな？

うーん……難しいところだ。

それから、何を思ったのか、辛さをひたすら追求した魔改造麻婆。あれも最悪だ。

一口で口が痛くて痺れて、この世界の料理で初めて毒を盛られた気分になった。

癖《くせ》になる方も多いとかなんとか、料理の説明をした仲居は舌がおかしいんじゃなかろうかと。

あの黒い粉、山椒《さんしょう》でしたよ、ええ。

しかもかなりきっついやつだ。

唐辛子系の辛味で十分なのに、一体何を考えているんだと。

ああ、巴とベレンとホクトは〝確かに癖になるのも分かる〟とか、意味不明な事を口走っていたか。

あいつら、あの麻婆ポイズンに味覚をやられたんだ、きっと。

（でね、オレが一番好きなのは所謂《いわゆる》業物ってのでさ。今じゃ大概のは食えるわけ。ただ、いつもそういうのがあるかってえと、そうはいかねえ。だから普段は素材とかで空腹を紛らわせんだけど。そこから選ぶなら、やっぱ竜鱗《りゅうりん》が最高なんだ。試しにそこそこの蔵に竜鱗詰めて、オレを放り込んでくれたら、一晩で空にできるから。マジで）

僕らの楽しい食事に触発されたのか、自称凄い竜殺しの剣は、自分の食の好みを語りだす始末。剣が食を語る。もうなんか猟奇的《りょうきてき》ですらあるよね。

そしてこのエインカリフなる剣……食事をするのである。

こいつが作られた頃に流行った、特殊な樹を核に使った武具——その核というのが、寄生樹と呼ばれている類の樹木だった。

主に魔獣に寄生して体を乗っ取り、自らの体を外殻《がいかく》のように変化させて他の生物を襲い、食らい、力を蓄《たくわ》える奇怪な植物だ。

ある時、ドワーフの一人がその寄生対象が魔力を帯びた鉱石にも及ぶ事を知って、鍛冶の材料として一躍《いちやく》注目されるようになったと。

で、彼らから生まれた武具はかなり強力な反面、性能を発揮し続けるために食事を必要とするようになったらしい。

面倒くさ。

エインカリフ曰く、その中でも傑作《けっさく》に位置づけられる武具は、個々の相性にも影響されるが、基本的には優れた武具や強力な素材を捕食する事で、能力をさらに高められる。

彼の場合は、特に竜と相性が良かったと。

大好物である竜の鱗、爪、牙、角などを存分に食いまくって、武器として、そして竜殺しとしての力を高めていった。

……ところが、イオリの死後は使い手が誰もおらず、ドワーフの里で長い眠りを強要されていたと。

食い続けていないと休眠を余儀なくされ、その期間は武具としての性能もがた落ち。

しかも寄生樹を用いて作られた武具には皆意思のようなものが宿り、彼らと意思疎通できる人物にしか満足に扱えない。

つまり、もの凄く使い手が限られ、性能の維持が困難極まりない。

よって、この流行りは当然長続きせず、寄生樹の武具利用自体が廃《すた》れていった。

実に、すごく納得できる結末だ。

ただベレンが持っている知識だけだと、寄生樹を用いた武具は性能が突然異常に低下する場合があり、その原因は結局よく分からなかったから、徐々に廃れていったって事になっている。

切っ掛けはしばらく実戦で使われなかったり、まともに扱える者が絶えたりしたタイミングらしいから、要は休眠に入ったんだろう。

ドワーフからすれば、きちんと武具に対するメンテナンスをしていたにもかかわらず、性能が下がる理由がよく分からなかったわけだ。

今まさに、僕の中でエインカリフとその同類が歴史から消えていった理由が判明した。

剣となのか寄生樹となのかは不明だけど、色々話せる能力のおかげでね。

イオリとの意思疎通よりも僕とは自然に会話ができるらしく、剣はもう喋りっぱなし。

ホクトとシイの報告を聞く前に、ベレンがエインカリフについてまとめてくれた。その時に補足のつもりで色々話したら、ベレンが目を丸くしていた。

口もぽかーんと開いていたな。

ベレンにしては珍しい顔だった。

それで巴から種明かしを求められて、剣と話せちゃったと伝えたら、場になんとも言えない空気が流れた。

いや、今更でしょ？

よっぽどの珍事が起きたならともかく……僕なんだし、大概の事には適応してほしいかな、なんて。

……はぁ。

あ、チャーハンは普通でした。

みんなにはかなり好評だったけど、僕としては本当に普通としか表現できない味で、ちょっと残念だった。

「性能低下については理解しましたが、素材や同類である武器を食らう武器など、鍛冶屋から言わせてもらえば……ぞっとしませんな。まったく」

だよねえ。

ベレンの言葉に心底同感だ。

「で、ホクトとシイは妙な傭兵と遭遇したと。一方は僕らの目的そのものっぽいけど、もう片方はさっぱりだね。〝林檎《りんご》の人《ひと》〟って何？」

ホクトとシイは、結果的にカンナオイの大迷宮から出てきた魔物の掃討みたいな事をしながらヒューマンの集落を渡り歩いて、ここまで進んできたようだった。

道中でのヒューマンの様子は、まあ特に感じるような事もなかった。

こっちもいろはちゃんに付き合ってそこそこ回ったから、予想の範疇《はんちゅう》ってやつ。

僕が気になったのは、彼らが遭遇し、共闘もした二組のパーティ、傭兵達の事だった。

一つはピクニックローズガーデンを名乗り、相当な実力を備え、大迷宮から湧き出る魔物を倒して回っていた。

そしてもう一つは……自称林檎の人という二人組。

ホクトとシイの二人から〝どんでもない実力者〟と評されている。どっちも女性で、踊り子とシスターらしい風貌《ふうぼう》らしい。

あやつらか、と巴が呟いた。

チュウゴさん達の騎竜の暴走時に僕の前に突如出現した二人組が、その人達だろう。

僕も巴と同じ結論に辿り着き、二度の縁の意味を考える。

何者であれ、近いうちにまた会うだろう。問答もその時までお預けだな。

「若、その林檎――」

「あ、あのう……」

巴が恐らくその連中について話そうとした時、いろはちゃんがか細い声と共に恐る恐る手を挙げた。

「どしたの？」

いろはちゃんは毎回タイミング悪く巴を遮《さえぎ》る。

言いたい事があるみたいだから、今回は巴よりも先に僕が続きを促した。

「その林檎の人に、私、会ってるかもです。もしかしなくても、その、私の命の恩人だと思うのです。銀髪で踊り子みたいな姿なのに、狙撃の名手なハクさんと、銀髪でどこかの司祭様みたいな格好で、物凄く的確な治癒と支援をこなすギネビアさん」

巴が小さく頷いた。

なるほどね、いろはちゃんの記憶を読んだ時に知ったのか。

「そのお二人に出会って、私は……」

いろはちゃんは、カンナオイの郊外で雇った冒険者に裏切られて、そこを林檎の人達に救われたらしい。

ふぅん。だからミズハまで来られたのか。

それにしても、移動速度が速すぎる気がする。

多分なんらかの……転移に準ずる移動手段を持っているな、その二人。

いろはちゃんも当然ソレについて知っているはずだけど、話には出てこない。

代わりに、その二人がもうローレルにはいないらしいと教えてくれた。

北に向かったとか。

傭兵なら戦争の前線を目指すのもありかも。ただ、僕の勘だけど、どうも違うような気がする。

どちらにしても、ここにいない連中なら、今気にしすぎても仕方ない。

明日から誰かに林檎の人、もしくは林檎ってキーワードについて、もっと重点的に調べてもらおうってくらいかな。

さて、もう目を背《そむ》けてもいられない時が来ている。

洞窟《どうくつ》、ダンジョン、大迷宮。

それに……。

「？」

ただ見ているだけの僕を、いろはちゃんが不思議そうに見返してくる。

彼女についても、ショウゲツさん達に連絡する必要がある。最悪、もう一緒には行動できないか。

常識的に考えるまでもなく、流石に迷宮には連れていけない。

カンナオイの街の方も色々ときな臭い事になっているようだし、智樹も何か仕込んでいる気配がある。黄門様的には、ベレン達が街《うえ》、僕らが迷宮《した》っていう役割分担をすべきかもしれない。

どうするのが正解か。

こうなってくると、ツィーゲが今のところ小康状態《しょうこうじょうたい》なのは、本当に助かる。

特に守勢に入る事もなく、遊撃と交渉の手札を巧《たく》みに切って、有利な膠着状態《こうちゃくじょうたい》に持ち込んだと、直近の状況報告をもらっている。

レンブラントさんの望む通りの展開だろうね、理想的だ。

……そうだな。

モーラやらいろはちゃんは、こっちに着いてからの事だ。

そもそも僕としてもクズノハ商会としても、今ツィーゲに必要な手札を揃えるためにここまで来た。

そこはブレちゃいけない。

報告会の後半戦に突入する前に、唐突に厨房に行きたいですと言い出した澪のように。

そう、お風呂までには戻りますと、出ていく前にわざわざ振り返った澪のように。

本当に、どこまでもブレない奴だ。

僕の反応を見ているから、あの麻婆豆腐を習得してくる事はあるまい。

後でごく普通のレシピを教えておけば安心できる、はず。

「まずは大迷宮。そっちに十分に力を入れて、余力がありそうなら、街の調査も並行。あくまで余力がありそうならね。どうかな？」

「御意。よろしいかと。なに、仮に迷宮の攻略にここの全員が必要になったとしても、追加の人員はおります。念のため、今回の選抜で補欠にした者を、こ奴らの下につけておきましょう。……できるな？」

『は！』

巴の静かな、念を入れるような確認に、ベレン達は肯定の返事をした。

確かに、必要なら人は多少増やせるか。

無意識にここにいる者だけで割り振りしようと思っていたな、僕。

うん、僕らに頼らない防衛戦力の核を手に入れる事で、ツィーゲの用意は整う。

強気に出られる場面も増えて、独立も近づく。

だから、まずは傭兵団の協力を確保する。その後で、ここでの諸々の因縁《いんねん》とも向き合おう。

僕としては、主に智樹関連になりそうで憂鬱《ゆううつ》でもあるけど。

方針は決まった。

5

「なんじゃこりゃ……」

ヤソカツイの大迷宮。

そこは世界最大クラスの迷宮である。

何しろ〝大〟が付くのだ。狭くて暗くてジメジメしていたり、地下水が背筋《せすじ》を狙い澄まして落ちてきたりする洞窟の親玉なのである。

そもそも僕は迷路そのものが大嫌いであり、その上暗くてジメジメ……って、それを繰り返すのはやめておいて、ともかく、今回相当な覚悟を決めてここに来たのは事実だ。

……なのに、僕が今、間抜けに口をぽかーーーんと開けて上を見上げているこの場所は、真っ昼間のように明るい、とんでもなく広大な空間だった。

異様に広く、高い天井。

この感覚、いつだったか覚えがある。

思い出した。あれはそう、インフラツーリズムを扱ったテレビ番組だった。

首都圏の水がどうとかって、古代遺跡みたいなだだっ広い空間が映されたのを見た時の感覚だ。

人が凄く小さくて、空間の広さが際立《きわだ》っていた。

ここはそこに似ている。

ヤソカツイの大迷宮共通地下一層――それがこの場の名称だ。

「入り口の門もそれはもう巨大でしたからな。相当整備されている様子で」

「ですわね。どこまでこうなのかはともかく、人の力も大したものです。世界の果ても最近ツィーゲから一、二キロくらいの範囲は人の手が入りつつありますから、今のいざこざが片付いたら、いずれはこのような状況になるやもしれませんね」

巴に応えた澪の言葉は、今の僕らの周辺に広がる状況を指したものだろう。

人、人、人。

まるで休日の人気観光地のような、とんでもない活気だ。

……そりゃ、いつかは世界の果ての荒野も、入り口辺りはこんな風になるかもしれない。

アレを観光資源と見ていいのかどうかは別にして、今のツィーゲの活力は確かに計り知れないものがある。

巴と澪も迷宮がこんな状況だとは知らなかったのか、物珍しそうにしている。

僕みたいに口を開けて間抜けに、ではないけど。

しばらくただ前に進んでみると、徐々に人の密度は落ち着いてきて、ようやく周りを見渡す余裕ができるくらいになった。

迷宮だというのに、魔物の影よりも人の団体の姿が目立つ。

視界も良好だ。人が邪魔なだけで、暗闇《くらやみ》なんて全くない。

観光客っぽい人々や、初心者らしき冒険者の集まりも大勢いるな。

迷宮だから、当然魔物も湧いてはいる。

……ちらほら。

戦闘している連中の姿が何組も見て取れる。

しかし、魔物は発見されるや否や、袋叩きにされる構図が多い。

なんていうか、平和だ。

一時期夢中になったＭＭＯゲームの初心者用フィールドにでも来ているかのようだ。

街から数マップ程度離れた人気狩場フィールドの雰囲気そのもの。

「ホクト、ギルドで買ったマップの精度はどんな感じ？」

「……縮尺がいい加減なところはありますが、概ね当てにしてよさそうです、若様」

シイの問いに対して、ホクトは何故か僕に答えた。

「もしもーし。今聞いたのは、ここ数日貴方の相棒やってるシイちゃんですよ、ホクトさーん」

「若様に述べるべき事を偶然お前が聞いてきたのだ、シイ」

ホクトとシイのコンビ。これはこれで、なかなか上手くいっているみたいだ。

異種族だからどうかとも思ったけど、そういうしこりは感じられない。

まだ期間が短いとはいえ、次への良いテストケースになってくれたらいいな。

アルケーのホクトは、ここに来る前に寄った冒険者ギルドで買った大迷宮の地図を手にしている。

この中では色々な意味で一番適役という事で、彼が持っていた。

地図は十層目まで載っている最高級品で、分厚い。

値段も凶悪だったけど、ひたすら分厚かった。それだけで不思議と、高いのにもなんとなく納得できてしまうのは、厚さマジックかもしれない。

もちろん、綴《と》じてある地図をそのまま持ち歩いているわけじゃない。

ほどいて、序盤の浅い層だけの地図を手にしている。

それにしても、って量だけどね。

「マッピングはこの私にお任せください」

ホクトの戦闘以外の筆頭特技は、マッピング全般。

測量などに駆り出される事が多かったからか、ホクトはいつの間にかそういうものを特技と呼べるレベルまで習得していたらしい。

とりあえず、一回の測量スキル発動で、周囲百ヘクタールくらいは地形限定で掌握《しょうあく》できるとか。

説明された時、いきなりヘクタールとか出てきて、戸惑ったのを覚えている。アールの方が分かりやすかったでしょうかとか言われて、余計混乱したな、確か。

どっちもすぐには出てこないっての。

一般人にはアールもヘクタールもヘクトパスカルも謎の単位だってのに、亜空の皆様はどうしてか僕の記憶から色々採用しているんだよな。

ヘクタールって、農地とかでの面積を表わすのによく使われている単位だから、結構広域を調査できるんだと思う。

ホクトの特殊なマッピングスキルのおかげで、僕はここでも相変わらず界を自衛と能力の隠蔽に使える。

ありがたい。

「よろしく、ホクト。ベレン、あの剣の方は大丈夫だね？」

僕が確認すると、ベレンがしっかり頷く。

「がっちり黙らせておきましたから、ご安心くださいませ。万が一、あれの声を聞く者が現れたとしても、封印解除に数日はかかります。動かす事すらできません」

「いいね。いやー、うるさくてかなわなかったからさ。あいつ、徹夜コース確定で話しまくるし」

「結局若様以外には誰もアレの声を聞けませんでしたから、私としては実は結構悔しかったりしておりますが」

「聞けなくて正解だと思うよ、あれはね、もう本当に」

「しかし武具に意思があり、その声を鍛冶屋が聞けず、若様が聞くというのは、なかなかどうして……むぅ」

「最近妙に、やたら色んなのと話せるようになっている僕が変なんだけどね。何せ、僕は剣士ですらなかったんだし」

今ここにいるのは僕、巴、澪、ベレン、ホクト、シイの六人だ。

エインカリフは今、宿の部屋。

……いろはちゃんと一緒に置いてきた。

ついでにショウゲツさんとお付きの連中も。

僕らがとりあえず夜は毎日戻るって話をしたら、安全確保キターとか、アカシさんがガッツポーズしていた姿が、僕の頭に焼き付いている。

お金で買えるお値段以上の安全素敵とか、ユヅキさんも言っていた。

二人とも目の下のクマが凄かったな。

朝、いろはちゃんを送っていこうと思ったら、ショウゲツさん達がちょうどフロントに来ていた。で、僕は部屋を使う事に同意した。正確には、血走った目のショウゲツさんに同意させられた形だ。

高級宿だけあって、千尋万来飯店のセキュリティは元々結構なレベルにあり、今は僕らが離れに少しだけ手を加えている。

結局、あのままいろはちゃんが屋敷に戻ったとしても、危険が伴う状況だったとか。ショウゲツさん達の不安の元である、若様姫様バトルロイヤル暗殺レースはまだ絶賛続いているのだ。

カンナオイに向かう最中、立ち寄った数々の村でいろはちゃんが行った微笑ましい事情聴取と検地について、そして僕らが行った調査結果のまとめ――それらを部屋に残した彼女に手渡してある。

ショウゲツさん達に色々聞きながら、見比べてみるといいって話しておいた。

……あの子は、優しい。だからきっと、村の人達から聞いた話を素直に信じているだろう。

村の人達がいろはちゃんに答えた数字や現状の意味。

でも、今の僕なら少しは分かる。

あれは、実際の数値とはずいぶん違う。かといって、決して間違いってわけでもない。

この世界では税金が出鱈目に高いから。

国から領主、領主から役人を通じて村長や里長と伝わっていくうちに発生する賄賂《わいろ》だって、本当に一般的に横行している。

江戸時代の四公六民ですら、無税も同然とばかりに手放しで大歓迎されるほどに、強烈な税を徴収されているんだ。

だから、村だって自分を守る。税を取られても生きていく方法を色々考える。

実際、カンナオイは、八公二民と九公一民の間の税率が一般的らしい。

僕らが通ってきた村だって、実際の収穫よりも相当低く申告し、それをもとにして長い間税金を納めていたし、秘密で育てている換金性の高い作物や副業の類も結構あった。

巴と澪がいれば大体の事情は隠せないから、僕らにはその辺りの実情は丸裸だ。

その内容を、まあどう転ぶかは別にして、いろはちゃんに渡しておいた。

最初は特にお金とかお礼をもらう気はなかったけど、カンナオイに到着したあの子が、僕らの通ってきた道を振り返って言い放った言葉を聞いて、思い直した。

「このミズハとカンナオイを結ぶ新たな道を、国に掛け合って、必ずライドウの道と名付けます！　壮大な土木事業への感謝と敬意をこめて、必ず！　なのです」

冗談じゃありませんよ、まったく。思い出しただけで頭が痛くなる。

それをやめてもらうように言い含めて、その対価として情報を渡す事にしたんだ。

流石にライドウの道はなあ……。

「さて、じゃあ迷宮探索を始めますか。とにかく下への階段探しが先決か」

このまま入り口付近に突っ立っていると、ガイドやら土産物やらの押し売りの餌食《えじき》になりかねない。

実際、ここは商売の気配がむんむんしているから。

この辺りは旗を持った人がガイドの売り込みをしたり、仮設の店舗を設けたどこかの商会が売り子をダンジョン内に放ったりしている。

当然ながら出張価格なわけで、街中で買うよりも随分高い。

場所代も乗せているからだろうな。

こんな近場で商売になるかは謎だが、実に商魂《しょうこん》たくましい。

す。

「ホクト、下に行く階段はどこですの？」

澪がホクトに階段の位置を尋ねた。

直属の上司からの質問に少し迷った後、ホクトはここからそれほど離れていない人だかりを指さす。

「あそこに下へ行く転移陣《てんいじん》があるようです」

……意外と近っ。

「だだっ広い割に、なんとも近いんだな」

すぐ二層に行く連中に物を売るのが、この辺りの連中の目的？

いや、どっちにしても街で揃えるだろ。その程度の頭はあるって、みんな。

僕が呆れていると、ホクトが続ける。

「ただ、その」

「うん？」

「あそこと、あそこ。それに向こうにも」

「え？　え？」

ホクトが次々と違う場所を指さしていく。

彼が示す場所はほとんど人だかりだった。

なんで下に行く道がそんなにいくつもある？

……広いからか。ひたすら広いからか、おい！

別の意味で憂鬱になってきた。

よく見ると、それぞれの近くにも別に店があって、道具類を売っているようだ。

「……まあ、いいや。とりあえず、あそこから下りよう」

マップを完成させる趣味もないし。

さっさと先に進むに限る。

「おおっと!!　そいつは悪手《あくしゅ》ですぜ!!　兄さん方《がた》、初めてだね？　おのぼりさんだね？」

しまった。色々圧倒されたり呆れたりしていたら、妙なのに捕まった。

一番きつい人混みはもうクリアしたのに。

「さっきからちょいとお話が聞こえてきちまいましてね。へへへ、どうやら俺っちの助けが必要な方とお見受けしました！」

「いや、間に合っている。ありがとう」

声をかけてきた人物に小銭を投げ渡して、消えるようにジェスチャーする。

小さい。おそらく亜人、小人の一種だろう。

僕の胸まで届かないくらいの身長だから、この世界の人としての基準だとかなり低い。

ショタとかロリとか、まあそんなんだ。

見た目通りの年齢って事はない。

「そりゃないよ、お兄さん。旦那。俺っち、役に立つ事知ってますよ？　使えますすって」

小人はなおも引き下がらず、しつこくアピールしてくる。

……追い払うにも金額が足りないと？

ぼったくりは観光地の名物とはいえ、入場料を取るダンジョンでもこういうのがあるのか。

あ、それかも。

毎回入場料がかかるから、ここを出ずに長居するために、ダンジョン内にも店が出ているとか？

確かにここの入場料は変だった。

普通なら一回いくら、一週間フリーパスでいくら、一ヵ月フリーパスならいくら、年間フリーパスならば……と、それぞれ価格設定がある。そしてそれは、期間が長くなるにつれてお得になっていくものだ。一度に支払う値段は当然高くなるけど、ね。

でもここは逆だった。

どんどん上がる。

一回ごとにお金を払うのが一番得だと一目瞭然。

何がしたいんだと、謎で仕方なかった。

当然ながら、僕らは人数分、一回分の料金を支払った。

誰と会い、どんな関係になるか分からない以上、明日も明後日も一回ごとに払う気でいる。

「この辺りにいる他のガイドや情報屋なんて、もうどうしようもないのばっかかなんですから！」

じゃあお前もだろうと、ブーメランになっている。

どうして目の前にいるこいつだけがまともだと信じられるのかと。

「……」

「……分かった、分かりました！　じゃあ特別サービスしちゃうから！」

僕が黙っていると、出ました、特別サービス。

値段を言わないうちから半額にしますとか、意味不明な事を言い出しそう。

「さっき頂いちゃった料金分、先に情報教えますよ」

「……」

おお、意外とまともな事を言うものだ。ぼったくり目的にしては、だけど。

「さっき先生、言ってましたよね、あそこから下りようって」

「ああ」

あの陣の事か。

確かに言った。先生じゃないけどな。

「その先は何か、ご存じで？」

「二層目だろう？」

「ほら!!」

「ん？」

「全くここを分かってらっしゃらないお答えなんです、それが！」

とんちか？

あの下は二層目だろうに。というか、どこから下りても二層目だろう？

むしろ三層目だったら嬉しいけど。

小人の亜人は僕を見てニコニコしている。

まあ、続きは聞きたい。気になる。

これ以上の情報もそのまま話す気なのか、それとも追加がいるのか。

銀貨を一枚くれてやって、反応を見る事にする。

「わぁお！　良いね、太っ腹な人は良い！」

「で、お前の言うあの先は、一体なんだ？」

「罠《わな》の層《そう》、でさ」

「二層目は罠だらけだと？」

「いや、あそこから行ける二層目は罠満載、魔物の強さは下、属性は火がほとんどってわけなんで」

……あそこから行ける、だって？

あ、すっごく嫌な予感がしてきた。

「これだけ頂きましたし……右手に見えますあそこは、岩風《いわかぜ》の層《そう》。ごつごつした岩が迷宮を造り、そこかしこに突風が吹き荒れる構成で罠の類はほとんどなし、魔物はゴーレムが多く……」

「多く？」

「行き止まり、なんです」

うっわ。

つまり、あれか。ここから見ただけでいくつあるかも分からない大量の陣……その全部が、それぞれの二層に繋がっていて、しかもそこから三層に繋がっている確証はないと。

おそらく、三層に辿り着いたとしても、四層まで続いているかは不明……。

だからか。あの地図が分厚かった意味が、ようやく分かった。

なんて最悪な……。

「なるほどな。そういう趣向なのか、この迷宮は」

二十層……ははは。

「お分かりになったところで……どうやら皆さんは誰ぞ案内人を同行させる気なんぞまるでないご様子。自前でもうパーティをしっかり組んでいらっしゃるって事なんでしょうね」

「ああ、まあな」

「でしたらどうでしょう。俺っちの知る情報、それからそちらが知りたい情報。一括でお買い求めってわけにゃいかないっすか？」

ふむ。

「ホクト、こんなダンジョンみたいだけど、とりあえず道筋をつけるのにどのくらいかかる？　この情報屋から話を聞いている時間はありそう？」

「数回の測量を終えましたが、もう少し時間が必要になりそうです。下の方はまだ見通しが……」

「分かった。急がなくていいから」

僕とホクトのやり取りを聞いて、情報屋が目を丸くする。

「驚いた。そちらのでかい方《かた》がマッパー担当ですかい」

「一括で、いくら？」

ホクトがマッパーかという問いには、別に答える義理もない。

「へへ、大きいのでこれだけ」

情報屋はそう言って、手のひらを広げてみせた。

大きいの、金貨か。それを五枚と。

有益な情報ならそのくらい構わないし、この辺りで羽振《はぶ》りよく多少の金を撒いて、何人か〝餌付《えづ》け〟しておくのも悪くない。

今後商会として動く事がないとは言えないし、口の軽そうなのに多少金払いの良いところを見せておいても、損にはならないだろう。

一応値切ってみせて、後で金貨五枚渡してやればいい。

昔の大店《おおだな》の主人が熊手を買う時にしたみたいにね。

「金貨五枚か、なかなか豪気《ごうき》だな」

「き、金貨⁉　いえいえいえいえいえいえいえ！　銀貨ですよ、ご冗談を。金貨五枚って、そりゃぼったくりを通り越して、因縁つけて強盗仕掛けるようなレベルだ。俺っちは真っ当な情報屋です！」

おっと、最初から値切るつもりはなかったんだけど、一気にお手頃になったな。

そもそも僕の勘違いだったか。

ここの入場料、一人一回銀貨二枚。

今日朝一の客が僕らだったとしても、銀貨五枚程度で情報を吐き出していいんだろうか？

「随分と安いじゃないか」

「俺っちが持ってる情報——というか、一層で情報を売ってる奴が扱ってる情報なんで。へへ」

「それは、深い層には深い層の情報を、それなりの値段で売る奴がいるって事か？」

「もちろん。それぞれの層のポータルがある場所に、情報屋がおりますよ。もっとも、安全が確保されてねえ層についちゃ、流石にいませんが」

「具体的には？」

銀貨五枚を渡しながら続きを促す。

「十三層まではどの層にも情報屋がいるとは聞いています。そこで十五層までの情報も扱っているようです」

「聞いているとか、ようですとか。ひょっとして行った事はないのか？」

「勘弁してください。俺っちは現役時代一回まぐれで六層まで行っただけで、いっつも五層をうろちょろしてた程度の奴なんで。ええ、本当に、一回まぐれで六層覗いただけでね、自分の底が分かっちまったんですよ」

察するに、五層が最初の壁なんだろう。

で、六層に行った経験は、結構自慢になる？

現役時代がそうだったとして、それと情報屋に転職してからの事がどう関係するのかは、よく分からないけど。

「そうか……」

「あ、ほら。あそこに迷宮初心者の冒険者を引率してる奴がいるでしょう？　俺と同じパーティにいて、付き合いも長かった奴です。まあ、先生方も経験がおありでしょうが、パーティもね、色々あるもんですから。生き別れ、死に別れ、仲違《なかたが》いも。昔は無茶もしたもんですよ、五層組でもね」

「……」

昔を懐かしまれても。銀貨五枚の情報が欲しいんですが。

巴もそう思ったのか、先を促す。

「懐古《かいこ》の時を邪魔してすまんが、先ほど若との話に出たポータルとはなんじゃ？　聞き慣れん名前じゃ」

「っと、俺っちの話じゃありませんでしたね。失礼しました。ポータルってのは、簡単に言えば、各層にある転送装置の事です。ここではそれを使って階層間の移動をするんですよ。条件付きですが、一気に先の層まで飛んじまうなんてのもできます。見た目は光ってる魔法陣でして、俺らはポタって略称で呼ぶ事が多いですね」

なんだ、その幸せになれそうなギミックは。

「転送か。つまり、それを使えば深い所まで一気に進めると？」

僕の思っていた事をまんま、巴が代弁してくれた。

「ええ、一応は」

「一応か」

「入り口の門を潜ってすぐの所に、横手に逸れる道がありましたでしょう？」

「うむ、確かあった」

「そこに地上と一層で共用しているポータルがあります。そこでは転送装置が無料で使えるんですが、ここで条件が一つ」

情報屋が右手の人差し指を立てて、僕らの方に突き出す。

「既に移動先の層のポータルに到達している事。それが使用条件です。一度到着し、冒険者ギルドのカードに情報を登録すれば、転送装置が有効になります」

そう簡単に楽はできないか。

ただそれを使えば、特に怪しまれずに、かつ無理なく深い層と地上を出入りできるな。

有益な情報だ。

思えば、朝行った冒険者ギルドでは、大迷宮については、高価で分厚い地図と、どこの地方都市のパンフレットかってくらい薄い案内があっただけ。

詳しくは通って覚えてくださいませ——本当にそう言われた。

入場料といい、店といい、情報屋といい、冒険者の引率屋といい、みんな全力で商売しているんだな。

「それでは気を取り直しまして。元中堅迷宮探索者ルブラホーンのゴンゾウ、迷宮の概要についての講義をさせていただきます。好きなものは今年生まれた初孫、嫌いなものは何よりケットシーでございます」

場末の漫談家みたいな切り出しで、ゴンゾウが——って、凄く濃い名前だな、ゴンゾウ。

好きなもの孫ってのもベタだ。つーか……孫ぉ!?

「孫ですか。それは可愛いでしょうね、大事になさい、ゴンゾウ。私達はクズノハ商会よ。先ほどからお前が気安く話をしているのが、代表のライドウ様、若様です。で、私、澪と、そっちの巴さんが側近。あとは従業員のベレン、ホクト、シイです」

「こりゃ、ご丁寧にどうも」

「名乗られたのですから、一応ですわ。漫談はいりませんから、続けなさいな」

澪が自己紹介をしつつ釘《くぎ》を刺した。

そして巴がくすりと笑うのが見えた。

ベレンはホクトと地図を分担して確認中、シイは体に似合わないサイズの鈍器を素振《すぶ》りしている。

……野球っぽく。

「まず、よく誤解される事から。ここ一層、通称エントランスは広大だと、初見の方は驚きますが」

確かに。思わず間抜《まぬ》け面《づら》になった。

本当に天井も高くて、広さも半端《はんぱ》ないんだ。

「ヤソカツイの大迷宮で一番小さな層が、このエントランスと言われております」

……正気か。

本日二度目。

二十層って言葉が、物凄い重みを伴って腹の底に落ちたのが分かった。

エントランス、ガーデン、パス、バリー、メイズ……。

ヤソカツイの大迷宮には、それぞれの層の特徴に応じて所謂〝総称〟みたいなものがあるみたいだ。

今いるエントランス以外は、二層目であっても、どの陣から移動したかによって、フロアそのものが異なるようだ。ただ、ある程度の特徴は共通しているって事らしい。

で、これらの情報は先人達の努力の成果であり、今を生きる情報屋の飯の種でもあると。

「助かったよ、ゴンゾウ。また何かあれば頼らせてもらっていいかな？」

「そりゃもう！　ここか冒険者ギルドで呼んでいただければ、すぐに伺いますとも！」

ホクホク、ニコニコしているゴンゾウは、一切の不満を感じさせない様子で僕の言葉に頷いた。

……金貨の効果ってのは、凄い。

知っている情報は大体言い尽くして、一仕事終えた感じ。

結構色々聞けたから、こっちも損した気はしない。

「さてと。ホクト、とりあえず五層辺りまで続いているのは、いくつ見つかった？」

ゴンゾウから情報を仕入れている間、マップと睨めっこしていた我がチームのマッパーに、経過を聞いてみる。

「五層目まで続いているルートは四十ほど、十層まで行けるルートで二十五、推測になりますが、さらに奥まで進めそうなルートが三つ見つかりました」

「十層以降も有望な道、か。いいね、それにしようか。澪、三つのうちどれがよさそうか、選んでくれる？」

「分かりました。ホクト、どれです？」

「はい。この三本が良さそうに思えるのですが……」

階段で物理的に繋がっているなら、界で調査って方法も視野に入るんだけどな。

下に潜る陣に乗って転移するって方式じゃ、下にどれだけの空洞があるか調べられても、道筋までは分からない。

限られた範囲で展開すれば詳しく調べられるけど、それならホクトに担当してもらっているのと変わらない気もする。

地図を現在進行形で精査しているホクトの推測なら、従うのは良い選択だ。

澪の勘を加えれば、さらに安心だ。

「あ、そういや」

「ん？」

ゴンゾウがふと思い出したように口走ったので、首を傾げて続きを促す。

「ここが一度、親玉のドマって竜が討たれて不安定になったって話はご存知で？」

「ああ。それなら聞いた。確か竜殺しと呼ばれている冒険者の功績だとか」

「ええ、青い髪の……おっかねえ女でした。ソフィアって名乗っていたっけ。そいつがドマをやったらしいって噂が出てから、内部で地震、崩落《ほうらく》、それに魔物の種類の変化……一時期、色々起こってたんですが」

「……」

主の竜を失ったから、ダンジョンがもたなくなった。

僕の仮説としては、単純にそんなとこだったな。

「ある時異変がぴたりと収まりまして。ありゃ確か、響様って勇者様がローレルにいらっしゃった頃でした。俺っち達としても、迷宮の機嫌が悪いってなあ商売あがったりなんで、大助かりで、響様、勇者様ありがたやって思ったもんです」

「へえ、せん――勇者様が来た頃にか」

響先輩が何かした？

ただでさえ迷宮が不安定になっている。それに先輩は多忙そうだ。それを考えると、あの人がここに来たとは考えにくいんだけど……。

「ええ。ただそれからちいっと、これまでにゃなかった事が、ギルドに報告されるようになりまして」

「これまでになかった？　よければ聞いておきたいな」

「確かじゃねえ情報で申し訳ねえですが、そのつもりで。一つは、十層以降の構造が大きく変わっているらしいって話で。これについちゃ探索の最前線、ギルドの選抜メンバーが任務についてる極秘案件っぽくて、確証は何もありません。ただちょいと耳に入ってくるようになった話ってとこです」

「構造が変わる……」

「裏付けってほどじゃないですが、ギルドじゃ以前は十三層までの地図を売ってたのに、今じゃ十層までしか売らなくなったってのがいかにも」

「なるほどね」

迷宮が安定を取り戻した原因に関係しているのか。それとも全く別の要因があるのか。さっぱりだ。今は見当もつかない。

構造が変わっているかもしれないってのは、確かにそう聞かされて地図の話も併せて考えると、それっぽくはある。ただ、よくある陰謀論のこじつけとも取れる。

「もう一つは、こっちはそろそろギルドが動きそうな案件でして。迷宮の下部に行くのに陣を使った時、ごく稀におかしなフロアに辿り着く事があるらしいんで」

「おかしなフロア？」

「はい。条件は未だにさっぱりですが、行って戻ってきた奴らによると、そのおかしなフロアは三層目から存在しているそうで。さらに下に潜ると通常通りのフロアに帰れる時もあり、別のおかしなフロアに飛ばされる事もあるとか。そこは通常層どころか、このエントランスより遥かに狭いところもあったそうで」

「層自体が違っているわけじゃなく？」

たとえば一層から一気に五層とか。このエントランスを見ている限りでは、狭くなるのはむしろ嬉しい情報だな。

「いえ。それらのフロアには層を示すらしい数字と、妙な記号が刻まれていたみたいで、層自体は同じだろうって」

「ふむ……どんな記号かは分かるか？」

「とりあえず俺っちが確認した四つのパーティでは、どれも同じ記号でしたので、覚えてます。読めはしませんが確か……」

ゴンゾウが持っていたノートにそれを書き、こちらに見せてくれた。

Alt。

アルファベットだ。それも見覚えがある並び。

確かパソコンのキーボードにあったな。アルトキーだかオルトキーだか。

……まずい。ゲームでしか使った事がなかったから、意味が分からない。

確か表示とかスキルの切り替えに、そのキーが割り振られていたのがあったような……。

パソコンは詳しい友人がいたから、僕自身はそこまで知識がないんだよな。

ただまあ。アルファベットが出てくるって事は、恐らく賢人が絡んでいる。

この迷宮に深く絡んだ賢人がいても、確かに全く不思議はないわけで、思いがけず大事な情報を聞かせてもらった気がするな。助かったのかも。

「なるほど……謎の記号だ。察するに、陣から三層のおかしなフロアに行ったとすると、どこかに〝3Alt〟って刻まれているわけか」

「移動してすぐの柱に刻まれているそうです。このフロアの詳細情報は、今かなりの高値で取引されています」

「ならもしクズノハ商会が行く機会があれば、ゴンゾウに情報を買ってもらうとするか」

何が〝そういや〟だ。この情報の詳細を自分に売ってくれるように話をしたってだけか。

こちらも助かったから、文句は言わないけどな。

「お待ちしてます」

ゴンゾウがニカリと笑う。

……やっぱり、孫がいる歳には見えん。

そんな中、澪と僕の様子をそれとなく見ていた巴が僕に呟く。

「若、そろそろ」

最初のルートが決まったみたいだ。

「分かった。ゴンゾウ、長々と引き留めてすまなかった。これは感謝の気持ちだ。それから謎のフロアなど縁がないとは思うが、もしもの時はお前を呼ぶと約束する。またな」

僕はゴンゾウにさらに金貨を五枚握らせて、ホクトと澪が示す方向に歩き出した。

「っ!! いや、先生、ライドウ様！ これはいけません、頂け――」

「子と孫になんぞしてやればよい。ではな、ゴンゾウとやら。世話になった」

巴が僕に続いて渡した金の使い道を提案し、その後に澪が声をかける。

「次に会った時は何か美味しいモノの情報も用意しておきなさいな」

情報屋といっても、そういうのもありなんだろうか。

「……」

ホクトは無言で僕らに続く。

「……お主、多分世にも幸運な情報屋になれるぞ」

ベレンは感慨深くゴンゾウの肩に触れ、僕らの後を追ってきた。

「まあ、全く気にする事ないよ。うちの若はこうやって喋っている時間に、その何十倍も稼《かせ》いでるし、あんたは嘘を言わずに持っている情報を伝えた。誠《まこと》には誠を。うちの商会と若様に一番有効な対応ができたご褒美ってやつ。あ、ちっとは貯金もしろよ、おじいちゃん。じゃあね」

チビ仲間だからか、シイが若干親しげにゴンゾウに言葉をかけた。

そして、ひらひらと手を振って僕らの後に続く。

しかしＡｌｔか。

「……クズノハ商会にフツ様の慈悲《じひ》がありますよう」

ゴンゾウが僕らのために祈ってくれた言葉が、僕にそのフツという竜の謎を思い出させた。

フツ。

そういえばそれもよく分からないままだよ。

そして僕らはほどなく迷宮の二層目に到着したのだった。

◇◆◇◆◇

夕暮れ。

迷宮の中では一日の時間は非常に分かりにくいが、時はいつもと同じように流れている。

冒険者ギルドではその日の冒険や訓練の精算、それから素材の持ち込みと搬出が行われる、一日でも最も多忙な時間帯に突入していた。

その喧騒《けんそう》から離れるように奥へ進んだ先――そこではカンナオイの冒険者ギルドの代表と、何名かの事務スタッフ、それに外部の者が数名集まっていた。

冒険者ギルドの奥に、ギルド関係者以外の姿があるのは珍しい。

「それで？　彩律が呼び込んだクズノハ商会はどんな様子だ」

最初に口を開いたのは、その外部の者と思われる人物。

壮年の男だ。

身なりは良く、他の者は彼に付き従っている。

机を挟んで対面にいるギルドの代表も、男にそれなりの敬意を払っている様子だ。

「朝手続きを済ませ、一日迷宮に。まだ篭《こも》ったままのようです。おい、進行状況は？」

ギルドの代表が応答し、部下に詳細を尋ねた。

「現在三層目ですが……既に一名脱落しているようです。反応がありません」

「初日で三層到達か。竜殺しを思わせるペースだが……急ぎすぎて誰か死んだか。コウゲツ様」

「彩律のお墨付きでカンナオイに来た割には、大した事はないか。だが奴らが関わった後、いろは姫に全く手出しできていないのは事実。油断は禁物《きんもつ》だが……」

コウゲツと呼ばれた男の口から漏れたのは、いろはの名。

彼の目的は、直接的にはクズノハ商会ではなく、いろはに向けられているのだと分かる。

(なあ、一番高い地図まで買って、初日に三層ってさ。多少優秀って程度じゃねえ？　しかも一人はロスト、多分死んでるぜ)

(同感だけど、口を開かないで。私達は聞かれた事にだけ答える装置。分かったわね。私は明日もここで働いていたいの)

事務スタッフ二人が、顔を寄せて短いひそひそ話を交わす。

当然、同じ部屋にいてそれが目に付かないわけもなく、コウゲツの視線が一瞬彼らに向く。

しかしそれ以外の反応はなく、彼の視線はギルドの代表へと戻った。

「できれば中の事故で全員消えてほしいが。最前線の連中を少し戻せんか？」

「コウゲツ様、失礼ですが、正気で仰っていますか？　彼らはこのギルドで最も優秀なチームで、大迷宮の解明のために力を尽くしています。これは、最優先任務です」

コウゲツの不穏な発言を、代表が諫《いさ》めた。

「私は、この街と国の、最優先任務について話をしているつもりだが？　君の言う最優先とは規模が違う」

「……どうか、考え違いをなさいませんよう。我々はカンナオイや、その先にあるローレル連邦の権力争いになど、興味はありません」

「……ほう」

「何故なら、どういう結果になろうとも、恐らく我々の扱いは大して変わらないからです。迷宮や秘境を相当数有しているローレル連邦のような規模の大国で、果たして冒険者ギルドなしで人々の暮らしが成り立つのか。もしギルドがなくなれば、どれだけの国力の低下を招くか。考えるまでもないでしょう？」

「確かに冒険者ギルドは必要だ。なくなるなど、考えられんね。しかしね、たとえばそこの代表が君である必要はなく、スタッフも彼らである必要はないわけだ」

『!?』

事務スタッフの二人が明らかにびくついた。

「コウゲツ様、そこまでに。もしそれ以上仰ったら、我々は貴方の敵にならねばなりません」

「既に結果が見えた状況で、いろは姫に付くと？　君の言葉を返そう。正気で言っているのか？」

「いいえ。いろは様に付くなどとは申しておりません。我々は、我々に刃を向ける者を敵とします。冒険者ギルドは手出しされない限りは中立ですから。この理念は、絶対です」

「……」

「無論、今日のような協力を、コウゲツ様と同等のお力を持つ別の方から依頼されても、我々は今と同じ対応をします。はっきり申し上げます。正式な手形を持ち、便宜を図るようにお国の中宮様から直々に頼まれた彼らを暗殺したいなら、どうぞご自分で」

「ふん。中立なぞ」

下らない、無価値だとでも言わんばかりに、コウゲツが両手を上に向けてみせる。

代表に反応はない。

「もらいものとはいえ、一級品の無影どもからの連絡も途絶《とだ》えたのだ。いろは姫も城に戻るどころか、よりにもよってお前らと同様に融通のきかん千尋万来飯店に入りおった。今日になって、ショウゲツどもと合流。最後の最後でしぶとく逃げ回る。まったく、腹立たしい！」

「……」

「既に死に体《したい》なのだよ。もう、この街も、オサカベの次代も、誰が導いていくか決まっているのだ。払っても払っても頭の周りを飛び回るハエどもが……」

「お言葉ですが」

顔をしかめるコウゲツに、ギルドの代表が静かに言った。

「なに？」

「その程度も払えぬ者に、旧家の未来もカンナオイの未来も導けはしないでしょう。これはご自身の力で乗り切るべき試練では？」

「言ってくれる。私がクズノハ商会の動向をお前らに調べさせたと言えば、彩律はどう思うだろうな？　既に裏切りではないのか？」

「共犯だとでも？　脅すおつもりですか？」

「事実だ」

「……本当に残念です。貴方は、彩律様はもちろん、クズノハ商会にも劣る人のようだ。彩律様の手のひらの上で踊り、クズノハ商会にも恐らく既に存在を見透かされている。クズノハ商会は自らの動向を探りにくる存在を予見していましたよ。教えて問題ないそうです。それどころか、ギルドの立場を案じてくれました。彩律様に至っては、貴方を名指しして色々と……」

「なん、だと？」

「さて、一番間の抜けた存在は誰でしょうね。どうやらお家の問題も、まだまだ勝負が見えないようで。お気をつけて」

「……覚えていろ。今日の屈辱《くつじょく》は忘れん」

「万が一、貴方が政争に勝ったその時は、思い出して首を洗っておきましょう。お帰りはあちらからお願いします」

コウゲツが怒りを露《あら》わに、部下を従えて退室していった。

扉を見つめながら、代表がぽつりと呟く。

「……相当な騒乱になるな」

「え」

事務スタッフの女性が、思わずその言葉に反応した。

「カンナオイという街の歴史的な転換点が近い、という事だ。事務員だから安全だと思わんようにな。あの分だと、我々を巻き込むのも躊躇《ちゅうちょ》せんようだ」

「今の状況からいろは姫が逆転したら結構……いえ、それこそ歴史に残りますよ？」

「クズノハ商会――というか、賢人が姫についたからな。我々は伝説の始まりを見ているのかもしれん。今こそが歴史が動く瞬間というやつなのかもな」

「賢人様!?　あのライドウ、様がですか!?」

「彩律様によるとな。現代に存在する二人目の賢人様らしい。いや、ひょっとすると三人目か」

「それってもしかして、帝国の勇者様もそうって事ですか!?」

男性の事務スタッフが喜々として会話に入り込んでくる。

代表はその様子に小さく嘆息した。

冒険者ギルドのスタッフは、当然ギルドの立場と同様に、国家間の争い、国内の争いについては中立が基本姿勢だ。しかし末端のスタッフの多くは、現地雇用である。

精霊や賢人、竜騎士などの話題はいずれも大好物だった。

「……ああ。どうやらな」

代表が呆れながらも頷く。

「しかしそうなると、やっぱり商会やってるライドウ様が一番力が弱いって事なんでしょうね。既にメンバーを一人失ったようですし。勇者様のパーティはどっちも豪華絢爛《ごうかけんらん》そのものでした」

「それなんだが……確かな情報か？」

「はい」

「さっきは聞かなかったが、誰がロストしているか分かるか？」

「すぐに調べられます。えっと……え？」

「嘘でしょ？」

情報を再度確認していたスタッフ二人の声が重なった。

「どうした？　ギルドカードがロストしたメンバーは誰だ？」

「現在、三層にいるクズノハ商会のメンバーで反応がロストしているのは……ライドウ様です」

「……なに？」

代表がスタッフから提示された情報を食い入るように見つめたのは、その直後の事だった。

ＥＸＴＲＡ（？）エピソード　それさえも恐らくは平穏な旅　～前編～

——そして私の生涯忘れ得ぬ旅が始まった。伝説に触れ、奇跡に立ち会った大冒険。初めての友、師、運命の人との出会い。私の人生における紛れもない最大の奇運であろう、あの方々と過ごした日々が。

『千魔剣《せんまけん》いろは姫日記《ひめにっき》』より原文ママ

刑部《おさかべ》五郎八《いろは》。私の名前です。

刑部家はローレル連邦東部最大の都市カンナオイの筆頭武家。言ってしまえば、領主のようなものです。

本家の当代当主や跡取《あとと》りの候補ともなればその権力は絶大で、時に国政にすら介入できますから、刑部家という家全体で見れば、ローレルでも五本の指に入る一族と言えます。

もっとも、私は大勢いる兄弟姉妹の末《すえ》の方で、それほどの力はありません。

それに私自身は女の身、当主になるでもなく、生まれた時から政略結婚で外に出される事が決まっている娘。

相手も決まっていて、当家と長年にわたって確執がある戦部家《いくさべけ》の殿方《とのがた》。

劇的な効果が期待されているわけでもなく、重要な試金石でもなく。

これまでにも数多《あまた》あった、焼け石に水が如き《ごと》――無意味に思える役割程度しか与えられていません。

ならば一体、私はこの街で、この家で、なんのために生まれ、働かずに生きる事を許されているのか。その意味も知らぬまま、ただ今の地位に甘んじたままでいいのか。

城の中だけではどう考えても答えが出そうにない問いが、私の頭を占め出した頃……許婚のイズモ様からお手紙が届きました。

お手紙のやり取りは定期的に交わしていましたから、それ自体は珍しい事ではありません。

お互い顔を合わせた記憶もない私達ですが、近況などを伝え合うのは許婚の義務の一つ。

イズモ様は幼少よりローレルの首都ナオイにお住まいで、今は勉学と術の修業のためにロッツガルド学園におられます。

ナオイはともかく、ロッツガルドは頻繁《ひんぱん》に近況を伝え合う事が少々難しい、遠い所です。

お手紙という形になるのは自然でした。

そして最後にイズモ様から頂いたそのお手紙の内容こそが、私に大いに衝撃を与えたのです。

それは、これまでのイズモ様からの、日々変わりない近況に関する話題とは全く異なる、そう……一種の告白のような内容。

――実は、何カ月も前から自分の生活は一変していた。

ある臨時講師の講義を受けるようになって以来、これまで見ていた世界がまるで別のものとして感じられるようになった。

夏休みは、帰れなかったのではなく、学び、鍛える時間が惜しくて帰らなかったのが本当だ。

学園祭に合わせて起こったあの事件の復興に協力して、様々な物の再建を、文字通り、この手で手伝った。

道や壁や家、公共の施設。そういったものを直し、誰かが笑顔で使ってくれる様子を見て、この上なく嬉しい、得難い達成感を覚えた。

この事を貴方に伝えようか本当に迷ったが、誠意ある対応をすべきだと信じて明かす。

今自分は、己の生き方に迷っている。お家のために全てを犠牲《ぎせい》にするだけの生き方は後悔を生むのではないかと。

近く、こちらから出向き、直接会う機会を設けたいと思っている。

その場にて、お互いの今考えている事を、できるならば二人だけで心ゆくまで話し合いたい。

どうか前向きに考えてほしい。


手紙は大体こんな内容でした。

学園祭のあの事件というのは、人が突然強力な怪物に変わるという、にわかには信じられない事態が起きたのだとか。

場所と内容を緊急の連絡で知った私は気を失ってしまったけれど、イズモ様はご無事でした。というか、刑部家とローレル連邦の情報網によると、なんとイズモ様はこの一件で大活躍なさったと。

ちなみに、闘技大会については、トーナメント方式でその年の覇者《はしゃ》となったお方と早い段階で当たってしまったようです。善戦なさったそうですが、その方に負けてしまったがために、個人の成績は大した事がなかったと聞いています。

ちなみにその覇者、学園の最強となった方は、なんと女性だそうです。

……確かに世界的には、強者の割合は男性より女性の方が多いと言われております。

しかし、ここローレル連邦には、他国とは異なり、男は女を守るべしという独自の思想がありますので、私としましても女性に負けるイズモ様の姿はあまり想像したくありません。

ご活躍やご成長は嬉しいですが、複雑な心境でした。

――と、話が逸れてしまいました。

イズモ様の手紙。

そこにあった、〝生き方に迷う〟という文言が、私に突き刺さったのでした。

共有する部分が多い境遇を持つ私達だからこそ、その真意が分かってしまったからです。

イズモ様は、何かやりたい事を見つけられたのだと。

でなければ、私達は迷わない。

家の重さも、周囲に期待される役割も、それを果たす事の意味も、責任も、十分に教え込まれて育つのですから。

それでも抑え込めずに迷うくらいやりたい事を、イズモ様は見つけられた。

ああ。

私の、自分自身の存在意義への疑問のような下らないものとはまるで違う、なんて羨《うらや》ましい悩みなのでしょうか。

あるいは私は、自分が一度も抱いた事がない類の悩みをイズモ様が得られた事に、少しだけ嫉妬したのかもしれません。

そしてイズモ様は、直接会って話をしたいと、初めて提案してくださいました。

嬉しさと同時に、それ以上の不安も湧き上がってきました。

この時に破談を切り出されてしまうかもしれないと。

もちろん、そういった言葉は一言も書かれていませんが、迷っているという一言のために、そんな不安をも抱きました。

私達の婚姻は特殊なものですから、破談にするとなるとそれなりの覚悟が必要です。

これまでの生活を失うのはもちろん、これからの生活も相応に諦める覚悟も。

だから、いきなりそんな重い状況にはならないでしょう。

ただ、将来の可能性の一つとして、イズモ様が私を含め、全てを捨ててご自分の夢を優先なさった時、私はどうなるのか。

だって私には何もない。

刑部の姫という肩書に価値がないなら、私は空っぽです。

お手紙を読む前の悩みと、その気持ちが面白いくらい絶妙に融合して、私は自分が打ち捨てられた人形のように思えてなりませんでした。

以前はこのように悩んでも、その空っぽなところに民の期待でも詰めておけばいい、私に〝私〟など必要ないなどと考えてみたりして誤魔化《ごまか》していましたが、今回はどうにも駄目でした。

折よく――などと言っては不謹慎《ふきんしん》ですけど、ヤソカツイの大迷宮が不安定になった影響か、迷宮から溢れた魔物が、カンナオイを中心に多くの街に被害を及ぼすようになっていました。

元凶の〝竜殺し〟ことソフィアという冒険者の行方はようとして知れず。かといって被害も放置できず。

カンナオイは今、にわかに荒れはじめています。

被害への対応は私から見てもお粗末。

その理由は、この被害への対応を、先頭に立って行うべき刑部本家のご当主様が病に臥せっておられる事。

そして次期当主の座を狙う多くの派閥が、対応の主導権を握り、大きな実績を手にしようと、お互い妨害と牽制《けんせい》に躍起《やっき》になっているのも、また大きな理由です。

私の周囲は、普段そのような権力争いとは無縁ですが、やっぱりあっちこっちから、うちの傘下《さんか》に入れという要請がひっきりなしに来るようです。

最近では、私の命を狙う過激な派閥も出てきているとか。

本当に馬鹿らしいのです。

私のような末席の姫を殺さなければ権力の座に近づけないような——言ってしまえば、私よりも取るに足らない存在の姫や若君までが争いに加わって、どうなるものでもないでしょうに。

こんな状況ですが、迷宮の管轄《かんかつ》については、冒険者ギルドと連携してやっているため、そこはまだ問題にはなっていないようです。

しかし、被害に遭《あ》った周囲の街や、その影響で減収が続いているカンナオイの住民からの徴税、これが大きな問題になりつつありました。

こんな不安定で、傍《はた》から見れば大迷宮から魔物が溢れ出している状況なのに、刑部家以下、有力武家は、会合の結果、諸問題に迅速かつ緊急に対処するという名目で、大幅な増税を決めました。

馬鹿げています。

きちんと現状を判断して、暮らしに問題ない額を再計算した上で納めてもらうべきだ——私はお付きの世話役、ショウゲツにもそう話しました。

彼は〝それが正しく、あるべき姿です〟と褒めてくれたのですが、結局それを、お父様には伝えませんでした。

だから私が直接お父様に話したのに、〝一見賢《さか》しい戯《ざ》れ言《ごと》を、子供が現実も知らずに得意げに語るな〟と、お叱《しか》りを受ける始末。

分かりません。

私の何が間違っているのか、分かりません。

もしも間違った増税や圧政で、街がどんどん減ったらどうするのです。

巡り巡れば、それは徴税する側にとっても減収になってしまいます。

そんなの、どう考えても間違っています。

だから……私は証拠を作る事にしました。

私が自由にできるお金をまとめ、万が一の時にお金に換えられるような小物をいくつか選び、私の守護剣として生まれた時から一緒の蛍丸を持って。

一人で近隣の街の現状を調べる旅に出る事にしました。

街の規模を見て、適切な税額を見極める、検地の旅です。

それぞれの過去の税収は、参考資料として持ち出していますし、項目の意味も勉強済みです。

私だって生きている——人形ではない、人のはずなのです。


今思えば本当に甘い、十歳の子供の、何もかもが穴だらけの見積もりでした。

それでも、あの時の私は自信満々で。

黄昏時の夕闇に紛れて家を出ました。

ともあれ、こうして私の……初めてにして忘れ得ぬ旅が始まったのです。

◇◆◇◆◇

旅は、たったの二日で頓挫《とんざ》しました。

一つ目の街にも到着しませんでした。

――真夜中。

私は街道を外れた森の中で、冒険者から剣を向けられていました。

笑える事に、彼らは私が雇った三人の冒険者。

護衛と馬車を両方手配してもらおうとギルドに向かっていた途中、親切に声をかけてくれた冒険者が彼らです。簡単に事情を話したところ、三人は親身になって話を聞き、次の街までの護衛と馬車の手配を引き受けてくれたのでした。

冒険者とは、皆が皆、ただ荒っぽいだけというわけじゃなく、親切な者も多いと感動していたのですが……見事に騙《だま》されました。

そしてこの状況。

何も逆らわずに言う通りにして、奇跡的に彼らが私の命を取らなかったとしても、私みたいな子供がこの森で一晩生き残るのは不可能です。

「綺麗《きれい》に詰んでしまったのです……」

私の独り言に、冒険者の男が反応しました。

「ふん、育ちが良くて頭の良いガキってのは、こんな状況でも命乞《いのちご》い一つしねえのか？」

「……命乞いではないのですが、聞きたい事はあります」

「へえ、なんだい？」

「私の依頼は誰の邪魔もしない、むしろ誰のためにもなるものです。もちろん貴方達に払う報酬《ほうしゅう》の額にも嘘はありません。なのに、何が不満でこんな真似をしたのか、それが分からなくて」

私は、自分の中で強く主張してくる疑問に答えを求めました。

どうせ助からない。なら、せめて答えが知りたかった。

けれど、私に剣を向けた男は間の抜けた声で聞き返してきただけ。

「……は？」

「ですから、何故、依頼主を襲うような真似をしなければならないのか。それを知りたいと言っているのです」

「……な、イラつくガキだろ？」

そう言って、男が後ろの仲間達を振り返りました。

「確かにな。けどよ、これだけ綺麗事尽くしのお嬢様なら、やっぱ身代金の方が美味しいんじゃねえか？」

「いいえ。相応の家だったら、私達が殺される危険性の方が高いわ。なら、やっぱり後腐れなく身ぐるみ剥いで小金儲けで終わりにした方がいい。ギルドを通してないから足もつきにくいでしょ」

……。

森で無駄なサバイバルをする必要はなさそうです。

私は彼らに殺されます。

今、私が大阪いろはではなく、刑部いろはだと名乗ったところで、彼らの殺す決意が強まるだけ。

かくなる上は、潔《いさぎよ》く自刃《じじん》にて果てるべきです。

守護剣で自刃というのも、蛍丸には可哀想な話ですが。

そんな事を考えていると、剣を持つ男が、先ほどの私の疑問の答えを口にしました。

「あのな、いろは様。相場以上の護衛料はもらってる。だけどな？　護衛が欲しいって子供が、それだけの大金をぽんっと出すって事は、それ以上の金を持ってるって事だろ？」

「はい」

「だから、全部欲しくなった。それが理由だ」

適正な護衛料よりもさらに上積みしたのが、保険ではなく仇《あだ》になったという事ですか。

それで彼らが欲を出してしまったと。

こんな、笑い話のような間抜けな事があるんですね。

蛍丸を返してもらわないと。

彼らの剣ではなく、蛍丸で死にたいです。

その方が彼らの手間も省《はぶ》けるし、多分返してもらえると思うのです。

「そうでしたか。こうなったからには、私に逆らう術《すべ》はもうありません。どうでしょうか、私の剣を返していただけませんか？」

「また、今度はなんだって？」

「潔く自刃いたしますので、私の剣を返してもらえませんか、と言っています」

それを聞いて、冒険者達が揃って首を傾げます。

『はぁ？』

――？

どういう事でしょうか。

話が通じていないような。

「……つまり、もう駄目だから自分で死ぬって事か？」

「本気で言っているのか？」

「子供が自刃とか、ふざけてんじゃないわよ！」

彼らは私を殺す気でいるのに、私が自分で死ぬのは駄目？

何故か、彼らの言葉からはそんな感じがしました。

「？　そちらの手間も省けるという――っ！」

男の手元と剣がブレたように見えました。

その瞬間、頬に鋭《するど》い熱さを感じ、思わず言葉が止まりました。

「どうだ？」

「……血。今、斬られたのですか。ですが、どうだと言われても……」

頬に触れた手に、べったりと赤い血がついていました。

これが斬られる感じですか。

死ぬんだと先に思ってしまったせいか、あまり感動もありません。

多分、今私は色々な感情が麻痺していると思います。

愚《おろ》かだったとしても、私も武家の子。最期は潔くしなくては。

「そうかよ！　剣は返してやらねえ！　そのまま斬り刻んでやるから、せいぜい澄ました顔してなっ！」

男がそう叫んだ次の瞬間――

「人が気持よく寝てるすぐ横で、猟奇的な事、大声で喚いてるんじゃないわよ――聖光十字拳《ホーリーライトナックル》！」

突如、闇を切り裂く強烈な光が、視界いっぱいに広がりました。

その光の中で、私は誰かに抱きかかえられました。

光はほんの数秒で弱まり、すぐに消えましたが、周囲の状況は一変していました。

三人組の冒険者の姿はどこにもなく、周囲には私を抱きかかえる二人の銀髪の女性がいるのみ。

「……」

言葉が上手く出てきません。

私は助かったのでしょうか。

「おーい、幼子。無事かー？」

「あ、怪我してたんだった。じゃ、これ使おう」

「ちょ、それじゃなくても私治すから！」

呆然としている私をよそに、二人の女性は何やら問答しています。

「えい」

「あ」

二人の話し合いの後、シャランと上品な鈴の音がして……。

ふんわりと暖かな風が私を包みました。

凄く気持ちの良い、凄く落ち着く、凄く眠くなる風……。

緊張の糸が切れてしまったからか、私はこのお二人にお礼すら言えず、そのまま眠りに落ちていたのでした。

◇◆◇◆◇

「ほぉ、ほむ、ふんふん……」

女性にしては奔放《ほんぽう》で周りの目を気にしない豪快《ごうかい》な食べっぷりを見せている、私の目の前にいる人。

あの晩、私を助けてくれた二人の冒険者の片割れです。

私は彼女達とともに、カンナオイから遠く離れた小さな街の食堂にいました。

小さな、とはいっても、私のいたカンナオイと比べての話。

石組みの外壁に囲まれ、最低限以上の都市機能を持っている所です。

……名前は知らないのだけれど。

あれからまだ半日あまりなのに、随分遠くまで移動してしまったのです。

「お行儀悪い、ハク」

「らってあはふきらったもん」

……。

ええっと。

多分朝ごはんを食べてなかったからだって言っている気がします。

「まったく、女の子なんだから、もう少し周囲の目ってもんをねえ」

「んぐ、舞台ではちゃんと気にしてるからいーのー」

「はぁ……ごめんなさいね、いろはちゃん？」

「いえ!!　私はお二人に助けていただいた身なのです。こうして同行させていただけるだけで、凄く助かっているのです!!」

見た事はないけれど、どこかの神殿の法衣らしい服に身を包んだ女性が、私に話を振ってきました。

確か、名前はギネビアさん。

そして食事に没頭しているもう一人はハク＝モクレンさん。

彼女はかなり露出の高い、エキゾチックな踊り子風の衣装を身に着けています。

さっき舞台がどうとかって話をしていたから、多分踊り子さんだと思うのです。

どちらも二十歳くらい、でしょうか。

年上で、頼れる雰囲気の二人です。

「改めて、私はギネビア。宗派とかはとりあえず置いておくとして、ビショップなの。今はフリーの冒険者ですね」

「私はハク＝モクレンね。見ての通りの踊り子さん。アローダンサーよ。ビア、ギネビアと一緒に、ちょっと遠出するところだったの」

冒険者……。

「大阪いろはです。その、家に帰る途中で、冒険者の人達に裏切られてしまって――」

「それさ」

ハクさんが私の言葉に口を挟みました。

「え？」

「ほとんど嘘でしょ？」

「!?」

な、なんで？

彼女は私の目を見て笑顔のまま突然そう言いました。

「全身から家出娘の気配がぷんぷんしてるのよねー、いろはちゃん。それと、大阪って部分になると時々反応が鈍《にぶ》いもの。いろはは本名でも、大阪は偽名かな」

まだ、まだ半日しか一緒にいないのに、全部バレちゃっているのです!?

「あの場所にいたって事はカンナオイから出てきたんでしょうし、大阪って名前に近くて、子供でも冒険者を雇えるお金を持っているとなると……刑部家のお子さんってとこが妥当でしょうね」

……正解なのです。

ギネビアさんの補足も、その通り。

やはり、私の旅はあっという間に失敗に終わる運命だった、のですね。

「あ……私、は」

もう、何を言ってもどうしようもない。それは分かっていたのですけど、私の口は、何か言い訳ができないかと足掻いているようでした。あいにく、都合の良い言葉は何も出てきませんでしたが。

「で？　いろはちゃんはどこに行きたくて家出したの？」

「え？」

「お姉さんに話してみなさい、んん？」

ハクさんが（何枚も）重ねたお皿を横にどけて、私をまっすぐ見てきました。

え、お二人は私を捕まえて、連れ戻して、礼金をもらうつもり……じゃないのですか？

ギネビアさんの方も、少しだけ肩を竦めはしても、私の話を聞く姿勢のようです。

「じ、実は……」

そして私は緊張しながら、助けてもらえるかもしれないというどこか不思議な安堵を胸に、ギネビアとハク＝モクレンという女冒険者二人に、事情を話しはじめました。

街を巡り、その生活の実情を調べて、父に、そして本家に、徴税に関する考えを改めてもらうつもりだと。

ギネビアさんもハクさんも終始優しげな笑みを顔に浮かべたまま、私の話を最後まで聞いてくれました。

「だから、私は家を出て一人で旅に出る事を決めたのです、が……」

結果はあの通り。

私は何もできていないのです。

「そっか。十代だもんね、自分探しかー、分かる！」

え、自分探し？

「ハク！　何共感してるの!?　結果、いろはちゃんは死にかけたって事、忘れるんじゃないわよ？」

ギネビアさんがハクさんを窘めます。

「でもさ、ビア。この子みたいなしっかりした子が今のうちから勉強して、将来街や国を豊かにするかもしれないわ。確かに今のいろはちゃんは甘い。長崎伝統のカステーラよりも甘い」

ナガサキ？　カステ……？　聞き覚えがありません。

甘い食べ物なんだろうって事だけは、なんとなく分かります。

「だったら、お父様ときちんと話をさせてあげるのが一番の――」

「あまーい!!　十代なのよ、ビア。家出しちゃうくらいの思春期、反抗期なのよ！　いろはちゃんはその甘さを含めて、これから――長くはないでしょうけど、自分探しの旅を通じて沢山の事を自ら学ぶべきなのよ！」

「ハク、あんた、なんのスイッチ入ったのよ……」

「いいじゃないの。私達は精霊道《せいれいどう》を使って安全に移動してるわけだし、流石に街を順番に連れ回すのは無理でも、ミズハまでなら連れていけるでしょ？」

「私らだって遊びの旅じゃないのよ？　六夜《ろくや》さんや、緋綱《ひづな》も待ってるんだから」

ギネビアさんは気乗りしない様子ですが、ハクさんはなおも食い下がります。彼女の口から知らない名前が出ましたが、お仲間でしょうか？

「だからついでよ、ついで。幸いにもいろはちゃんは、お金は持ってるし、ミズハの冒険者ギルドで信用できる人に引き合わせて、宿も探してあげれば大丈夫大丈夫」

「……こういう面倒事に限って、瞬時に段取りつけるんだから」

「だからビア好きー！」

「まだOKって言ってないでしょうが！」

「へっへー」

目の前で漫才みたいなやり取りが交わされて、私はなんとミズハ——ローレルの玄関口と言われる街まで連れていってもらえる事になったようなのです。

す、凄い事になってきたのです。

「あの、私、お二人に出会ってまだほんの半日で。なんのお礼もできていないのに、どうしてこんなに良くしてくれるのです？」

私が思わず尋ねると、ハクさんが得意げに答えました。

「袖振り合うもなんとやら。世の中悪い冒険者もいれば良い冒険者もいるってだけよん」

「自分で良い冒険者って言ってどうすんのよ、ハク……」

「でも、本当に！　なんの理由もないのに、こんな」

納得がいかない私を見て、ハクさんが当然というように頷きます。

「信じる理由が欲しい、と？　うんうん、若者だね。ま、はっきり言っちゃえば、その青臭さが懐かしかったからだけど……」

「ええ?」

「少しいろはちゃん向けに飾って言うとだね。いろはちゃんが今正しいと思っている為政者《いせいしゃ》と民の在《あ》り方《かた》に対する考え。なかなか出てくるものじゃないと思うの。そのままじゃ甘ったるいだけだけどね。だから、貴方の出す結論をちょっと見たくなったってとこ」

「……」

私の出す、結論?

「理想を強硬に求め、砕け散るのか。それとも、柔軟に対応する力を獲得して、同時に自分の考えそのものも変質させるのか。はたまた、ただただ甘ったるい理想論を現実に変えてしまうだけのナニカを手にするのか……なーんてね」

と、少し冗談めかすハクさんを、ギネビアさんが窘めます。

「三番目が不吉すぎる、ハク。司祭の前で悪魔との契約を唆《そそのか》すような危《あや》うい事を言わない」

「はーい。というわけだから、いろはちゃん。要は貴方を気に入ったと解釈してくれればOKよー」

「……ええ、そこは私も同感です、いろはちゃん。となると、カンナオイの刑部家の動きですが……」

「六夜さんだね」

ろく、や?

ギネビアさんが再び口にしたその名前は、どこかで聞いたような気がします、けれど。

「ですね。念話でお願いしておきますか。普通の道を使わない分、私達が優位ではありますが、あちらが惜し気もなく転移を使えば、その限りではありませんしね」

「あ、あの！」

とんとん拍子に進んでいくハクさんとギネビアさんの話の中。

私はどうしても一言お二人にお願いしたい事があって、割り込みました。

「なぁに？」

「ご飯足りませんでしたか？」

「わ、私の事はどうかいろはと呼び捨てにしてください！」

『……』

「ハクさん？　ギネビアさん？」

お二人は黙り込んで、顔を見合わせています。

「ねー、ビア」

「そうね」

「可愛い娘よねー、うちのギルドに連れ帰りたいくらい」

「自重」

「分かってまーす」

「自重……」

何故かギネビアさんが自重という言葉を二度言いました。

よく分かりませんが、話がついた様子のハクさんとギネビアさんは、私に向き直ります。

「それじゃ、いろは。これから明日の朝か昼くらいまでの短い旅だけど、よろしくね」

「ええ、それから私が開く精霊道の件は他言無用でお願いしますね、いろは」

「はい!! 分かりました!!」

なんて頼りになる、凄い女性達でしょうか。

冒険者を名乗っておられるし、私を襲った三人の冒険者をあっさりと退けた——きっと、お強いのでしょう。

さりとて女性らしくもあり、しなやかさも感じます。

強い、ですか。それはどんな気分なのでしょうか。

その後も続く信頼し合ったお二人の掛け合いに耳を傾けながら、私は蛍丸を自在に操って戦う女傑となった自分を、少しだけ想像しました。

◇◆◇◆◇

精霊道。

スキルなのか魔術なのか、その聞き慣れない名称は、ギネビアさんの開く不思議な森の空間を指すものでした。

道ではなく森です。

暖かくて、木漏れ日《こもび》が明るく差し込む、お伽話に出てくるような優しい森。

魔物にも亜人にも、そして動物にも一切遭遇しない、静かな森でもありました。

精霊道――この森を移動してしばらく歩いた後、ギネビアさんが再び道を開く時の詠唱を口ずさむと、遠く離れた場所に到着しているという、世にも不思議な術だったのです。

転移と似ていますが、歩くのですから、転移よりも時間はかかります。

でも術者であるギネビアさんの負担はそれほど大きくないようで、そこは転移よりも遥かに優れています。

本当に、不思議な体験でした。

結局、私達は翌日のお昼にはミズハの街に到着してしまいました。

「ビアー、疲れたから、もうミズハまで転移しちゃおうよ、ね？」

「三人であそこまで転移したら、私《わたし》や魔力がすっからかんになった事にして一週間は動かないけど、飛ぶ？　ねえ、それでも飛ぶ？」

「じょ、冗談ですよ、ビアさーん」

道中、そんなお二人の掛け合いがなんとも平和で、凄く和みました。

私もいつか……このお二人のように落ち着いて、何事にも動じない、余裕ある大人の女性になれるのでしょうか。

自分の将来にちょっとだけ不安も感じたりしました。

あと……ギネビアさんは僧侶、司祭でありながら転移までこなすんだという新たな驚きもありましたけど。

「ここがミズハ……」

話でしか聞いた事がない、ローレルで一番外国人が多い街。

連邦の玄関口として多方面への交通が発達し、観光都市としてもローレル有数の規模を誇る街です。

もっとも、観光については、ヤソカツイの大迷宮にほど近いカンナオイも負けてはいませんけれど。

ミズハは私が持っていた僅かばかりの事前情報に違《たが》わず、とにかく様々な人種に満ち溢れた所でした。

カンナオイではあまり見かけない純粋な観光客の姿も、そこそこあります。

それに外国人でも、全体的に冒険者より商人の姿が多い気もします。

ローレル連邦独特の品を買い付けに来ているのでしょうか。

道も広いし、人も多い。

それに馬車の数も……。

とにかく、賑やかでした。

知らない街の活気に圧倒されている私に、ハクさんが色々説明してくれます。

「人の数、結構多いでしょう？　まずはギルドで信用できる人を見つけて……ビア？」

「……」

そんな中、ギネビアさんはふと立ち止まって、何やら驚いたような、それから眉を少しだけひそめて、私が初めて見るどこか恐い雰囲気の表情を顔に浮かべていました。

目で待てと合図して、ハクさんの言葉にも沈黙を保ったまま。

「あちゃ、あんま良くないお知らせかな」

「お知らせ……あ、念話ですか？」

「そそ」

ギネビアさんが念話をしている事に私が思い至ると、同時に彼女は短いため息をついて私達に向き直りました。

「……ふぅ」

「ビア、念話終わった？」

「ハク、あの人の情報が入ったわ」

「!!　ちょうどローレルを出るところだし、タイミング完璧！」

ハクさんは嬉しそうですが、ギネビアさんは少し眉をひそめています。

「そうでもないわ。戦争地帯のど真ん中で見たって情報よ、あの脳筋《のうきん》……ちょっと出稼ぎに行くって、ふらっと消えたと思ったら……何考えてんだか」

「戦争……って事は北か。寒いのは苦手なのに。まあ、無事みたいだし、うちのマスターらしいわね」

「それから、いろはの捜索……というか、追跡が始まってる。もうミズハ目指して転移全開で追ってきてるみたい。どっちも六夜さん筋の情報」

「すっごく早い対応だね。軽く異常レベル？」

「どうやら猟犬君《りょうけんくん》が仕えてる家みたいね、いろはの刑部家は」

猟犬？

ギネビアさんはそう言いますが、うちでそんな風に呼ばれている人はいなかったような……。

私の護衛の一人、ユヅキはそんな雰囲気があるといえばありますが。

もう一人の護衛アカシは、どちらかといえば猪といいましょうか。

猟犬という雰囲気ではありません。

「りょうけ……あー！　ショウゲツ君か。へぇ、あの子がねえ。もういい歳だろうに、まだ現役なんだ。ビビちゃんも喜ぶんじゃない？　師匠が現役で元気だって知ったら。あ、六夜さんもか。弟子が元気にしてるわけだし」

ビビ。

また、聞いた事もない知らない名前ですが……え⁉

ショウゲツ⁉　爺⁉

すっかり聞き逃していましたが、ハクさんが意外な名前を口にしていた事に気がつきました。

それに、師匠に、弟子⁉

爺の弟子がビビという人で、爺のお師様が、ろくやさんという方⁉

「ストーキング――いえ、追跡の腕は、老いてますます磨きがかかったようですね。さて、困りました」

「そだね。マスターの情報があった以上、私達にも緊急だし、北に行くなら準備もいる。さりとていろはも放置できない」

ギネビアさんとハクさんが顔を見合わせる。

「その通り。ギルドまで案内して、後は私達が一言受付に言い含めて、一刻も早く街を出る。こんなところかしらね」

「だね。いろはの自分探し兼社会勉強も、ここからが本番って事かな。少女よ、頑張るんだよ？」

「え、あの……はい！」

ハクさんにいきなり話を振られて、私はつい返事をしてしまいました。

「……あそこで私達と会ったのも運なら、ここで急に別れるのもまた運。少なくとも、いろははここまでは良い運に恵まれていると思います。すみませんね、途中で投げ出すような形になってしまって」

申し訳なさそうに言ったギネビアさんに、私は頭を下げて応えます。

「お二人には本当に良くしてもらったのです！　カンナオイに来る事があれば、是非当家をお訪ねくださいなのです！」

「そん時は、ビビちゃんと六夜さんも連れて、みんなでお邪魔するよん。じゃ、急ぐよ。冒険者ギルドに！」

ハクさんに手を引かれ、私はお二人とともに冒険者ギルドに入りました。

独特の雰囲気。

野心や欲望がここの空気に靄《もや》をかけているような、そんな気さえします。

一度目の失敗から、若干の苦手意識が私の中に生まれています。

それでも。

お二人に先導されている安心感は不安を上回り、私は受付のカウンターまで歩を進める事ができました。

「なんだい？」

中年の男性職員さんが私達を見ました。

隠しもしない、訝しげな表情。

多分、私が場違いだからです。

そんな中、ハクさんが早速用件を切り出します。

「この子に護衛をお願いしたいの。報酬もこの子が払うわ。だから……信用できる優秀な人をお願い。料金も少しサービスしてあげてね」

「はぁ？　いきなり何を言い出……っ！」

当然、この奇妙で怪しい依頼に職員さんが頷くわけもなく、断られるかと思った時、ギネビアさんが一歩前に出てハクさんと並び……何かを男の人に見せました。

「急ぎです。お願い、できますね？」

「り、林檎の人？　あんたら……が？」

「ギネビアです」

「ハク＝モクレン。私達に対するのと同様、この子に対しても詮索《せんさく》はせず、護衛と宿の手配を頼むわ。よろしくね？」

「……分かった。請け負うよ」


!!


ほとんど二つ返事で依頼が通りました。

林檎ってなんの事なのか。

ギネビアさん。

ハク＝モクレンさん。

謎ばかりです。

「よし」

「助かります」

お二人は礼を言って、そして私を見ました。

「というわけだから。ここからはこのおじさんに交代。いろはの無事を祈ってるからね」

「ええ、私も。ショウゲツ——さんが来ないうちに街を出ますが、いろはが彼ともお父さんとも仲直りできるように祈っています」

「本当にありがとうございました、です！」

じゃあ、とお二人は私を残して足早に去っていきます。

「お二人さん!!」

ギルドを後にしようとしたハクさんとビアさんを、職員さんが呼び止めました。

足を止め、無言で振り返るお二人。

「……色紙を用意しとくからよ！　次来た時にはサインくれよな！」

お二人はそれに応えず、手をひらひらさせて出て行ってしまいました。

サイン……。

有名人だったんだ。

「あの、私……大阪いろはといいます」

改めて、私はギルドの職員さんに声をかけます。

「ああ、林檎の人からの頼みだ。最高の護衛を用意してやるよ。金はいくらある？　……ほぉ、ただのガキじゃあないか。いいぜ、問題ない。でもな――」

「？」

持っているお金の残りを伝えると、職員さんは満足げに頷いて話を続けた。

「そいつらが戻ってくるのが明日の朝なんだ。今ここにいる連中や、すぐに手配できる連中だと……まあ、万が一がないとは言えねえからな。申し訳ねえが、お嬢ちゃんにはこの街の宿で一日待ってもらう事になる。それで問題ねえか？」

「大丈夫なのです」

「よし。宿は安全な所を紹介するし、そこまでは馬車を手配してやる。言うまでもねえが、宿の外に出る時は、できるだけ人と一緒にいろよ。それから夜は出歩くな。ワケアリのようだから心得てるたあ思うが、一応な」

「……」

私は神妙に頷きました。

夜と聞くと、あの晩を思い出します。

それが暗闇への恐怖心となって、私の中で渦巻《うずま》いているのが分かります。

多分今の私は、夜が怖い。

「あー……そうだ、お嬢ちゃん！　冒険者ギルドには登録してんのかい？」

私が暗い表情で黙り込んだからか、職員さんが急に明るい口調でそんな事を言ってきました。

当たり前ですが、戦闘技術を期待されてもいませんし、私は冒険者ギルドに登録なんてしていません。

身分証代わりに登録する人も多いと聞きますが、私にとっては家名がそのまま身分の保証になるのです。刑部家の者である事を示す物はいくつか隠し持っていますし、これまでもこれからも冒険者ギルドの登録が必要だとは思いません。

だから私は、首を横に振りました。

「そうかい。そのくらいの歳で登録する子も多いんだが。だったらいっそ、今日ここで登録しちまうかい？」

「私が、ですか？　でも私、冒険とか依頼なんて」

「別に使わなくてもな。話のタネにしたり、何かあった時にちょっと暇潰しに何か変わってねえかと眺めてみたり。あって損するもんじゃねえ。どうだ？」

明らかに私に気を遣っているのが分かります。

ハクさんとギネビアさんの力が大きいのは分かりますが、きっとこの人も悪い人じゃないんでしょう。断ってしまうのも、なんだか悪い気がします。

それに、登録したって何か義務が生じるわけでもなさそうです。

イズモ様も登録していると、昔のお手紙にありましたし……そうですね、話の切っ掛けの一つになれば、それだけでも。

「分かりました。登録してみます」

「よし！　それじゃ準備するから待ってな。馬車の手配もしとく。その間には全部終わるから、あぁ……つまり、早速の暇潰しってわけだ」

職員さんはどこかホッとした顔で奥に入っていきます。

ふぅ。

内心で一息ついていると、すぐに彼が戻ってきました。

私はさっそく手続きに必要な項目を書いていきます。

「ほう、綺麗な字だ。その歳で大したもんだな」

最後にレベルの判別紙を手にして、現在のレベルを調べました。

職員さんは少し感心した様子で判定紙を眺めています。

「レベルは……8か。良いとこのお嬢様かと思ったが、こりゃ武家筋か？　いや、詮索はしねえ約束だったな。すまねえ、忘れてくれ」

レベル8。

よく分かりませんけれど、武家筋かと推理されるという事は、私の歳にしてはレベルが高いと思われたのでしょうか。

確か、イズモ様は１００近いレベルだったと記憶していますが……。

答えに窮していると、職員さんは自分から言葉を取り下げて、また奥に消え、そしてまた少ししてから一枚のカードを手に戻ってきました。

早いです。

こんなに簡単に登録できるなら、市井《しせい》の子が気軽に登録するのも分かる気がしました。

「出来上がり。これがお嬢ちゃんの冒険者の証だ」

そう言って手渡されたカード。

特に欲しいと思ってなかった物ですが、なんでしょう。

嬉しい。

密かにそんな風に思っていると、カードについての説明が始まりました。

レベルやランクの事、それから依頼関連やパーティというチームを組む際の説明まで、職員さんは分かりやすく噛み砕いて教えてくれました。

「最後に、称号ってもんがあってな」

「称号、ですか」

「行いによって、様々な称号がこのカードに登録される。で、その中から一つだけ設定してカードに表示させる事ができるんだ」

「表示するとどうなるんですか？」

「称号に応じて色々な恩恵がある。たとえば特定の亜人や魔物に対して攻撃や防御で有利になるとかな」

「へぇ……」

色々あるものなんですね。

イズモ様は、どんな称号をお持ちなんでしょう。

今度のお手紙で聞いてみたいのです。

「ここに触れて、こうすると見られるんだが……まあ、まだお嬢ちゃんには関係な……いや、既に持ってるな」

「ええ⁉ 私まだ何もしていないのですけど」

「これは、俺も見た事がねえ称号だな。『奇運（良）の所持者』？ 効果は、悪くないな。いや、曖昧《あいまい》な書き方だが、かなり良い、な」

『奇運の所持者』って。

嬉しいような、嬉しくないような。

普通じゃないと言われている感じだけは、ばっちり伝わってくるのです。

でも効果が良いのなら、まあよしとするべきなんでしょうか。

「曖昧？」

「ああ、普通の称号は結構ストレートに特定種族の魔物に攻撃すると威力割増しとか倍増とか、まあそういう書き方をされている。だけどこれはそうじゃねえ。つまりレア物の称号だ。とりあえず設定しといてやるよ」

「あ、ありがとうございます」

「効果は〝貴方は良き星に導かれる。自身の努力と出会いに応じ、波乱も騒乱も己の糧《かて》に変えてゆける。偶然は多くの事態において貴方の味方だ〟とある」

「……予言や占いを聞いている気分なのです」

「だな。だが悪い事がほぼ書いてねえ。調べてみねえと詳しくは分からねえが、かなり珍しい強力な称号だと思うぜ。特定の状況以外でも、常にそれなりの効果を発揮し続けるような……な」

確かにあまり不吉な内容じゃありません。

「まあ、仮にだが」

「はい？」

「反対の『奇運（悪）の所持者』なんて称号を持ってる奴がいたら、レアでもなんでも外す事を勧めるがね。そもそも設定する奴もいねえだろうが……大概早死にしちまいそうだからよ。そこへいくとお嬢ちゃんは（良）だからな、ほぼ無条件にそれにしとけばいいって事さな。要は幸運な人生を手助けする、ってやつだろ。多少賑やかでうるさい人生になるかもしれんがね、ははは」

うるさい人生……あんまり嬉しくないのです。

それに奇妙で悪い運の所持者なんて、設定するまでもなく、普段の行いからして不幸に塗《まみ》れていそうなのです。

確かに、私のは良い奇運ですから、幸せなのかもしれません。

だからこそ、ハクさんとギネビアさんに会えたのかもしれませんし。

……ん、なら、だからこそ雇った冒険者にも裏切られた？

えっと……この称号、あまり深く考えない方がよさそうなのです。

「お。待たせたな、お嬢ちゃん。馬車が来た。レアな称号持ちの冒険者様に言う事じゃねえかもしれねえが、幸運を。明日、忘れずにまたここに来るんだぜ？」

ふと、視線を外して私の後方――ギルドの出入り口を見る職員さん。

「はい。お世話になりました」

今日はこれで宿に泊まって、それから信用できる護衛を雇って、私自身の目で、街や村の実情を見て、その声を聞いて……お父様達の目を覚ますのです。

誰にも邪魔はさせないのです。

そんな決意を胸に秘め、私は用意してもらった馬車に乗り、もう一度職員さんにお礼を言ってから、生まれて二度目の冒険者ギルドを後にしたのでした。

◇◆◇◆◇

冷たい夜風が頬を斬りつけて、絶対に緩めまいと全速力で駆け続けた足はもうまともに動かなくて。

私は宿で一夜を明かす事もできず、追っ手に捕まりかけていました。

幼少の頃から私の世話をしてくれた爺――ショウゲツと私の護衛達によって。

頼るべき知人なんて一人もいない遠い街で、私に逃げる先なんて初めからなかったのです。

だから人混みに紛れるか、冒険者ギルドに匿《かくま》ってもらうくらいしか選択肢はなかったのです。

冒険者ギルドまでは距離がありすぎ、人混みを助けにするには繁華街を目指すほかなく。

私は後者に可能性を見出《みいだ》したのですが、ショウゲツ達の追跡は迅速かつ正確でした。

人の通りも少ない暗い路地で、私は追い詰められたのです。

しかし。

私の、いろはの奇運は、まだ救いを残していました。

いよいよというその時に、私の前に颯爽《さっそう》と現れたのは、またしても女傑でした。

腰に二刀《にとう》を差し、背が高く、青い髪をなびかせたその人は、凛《りん》とした様子でショウゲツ達を見据えていました。

短い悲鳴を発して彼女の傍らに崩れ落ちる私の護衛――アカシとユヅキ。

二人は相応の訓練を受けた一角《ひとかど》の戦士なのに、私の前に立って二刀の大きい方を抜き放った女性は、涼《すず》しい顔をしていました。

その御方は私を一瞥《いちべつ》し、まるでお伽話のお殿様や豪傑《ごうけつ》が述べるような言葉を口にして、ショウゲツ達を一瞬で追い払ってしまいました。

「怪我はないかの？」

なんて素敵な声なのでしょう。

「はて、幼子よ。どこか」

僅かに眉をひそめる仕草も、なんて様になっていらっしゃるのか。

「凄い……凄いのです！　まるで伝説の剣豪イオリのような強さなのです‼」

そう。

まるで、百竜を単騎で討ち払った救国の英雄――剣豪イオリ様のよう。

強き力を持ち、強き武器を持ち。

そして弱者を見捨てない。

「ほう、剣豪か。良い響きの言葉じゃの」

ふとお見せになる不敵な笑みもまた、思わず見惚《みと》れてしまいます。

「あ、でも爺……いえいえ！　あの無頼《ぶらい》の者ども、大丈夫でしょうか」

「無論、峰打《みねう》ちじゃ」

「うわあ……！」

誰一人殺《あや》めず、そしてそれを殊更《ことさら》に誇らず。

ハクさんやギネビアさんと同じく、私はこの御方にも憧れの念を抱きました。

刀を持つ剣士だからか、私の中のその気持ちが一層強くこの御方に向くのが分かります。

「子供一人で大勢に追われるなど、なまなかな事ではない。これも何かの縁じゃ、よければ儂に話を聞かせてくれぬか？　儂は巴。多少腕に覚えがある者じゃよ」

「はい!!」

「素直な娘じゃな。名はなんと申す？」

「いろは、と。おさか……大阪いろはと申します、巴様！」

「大阪、とな。ふむ、まあよかろう。では、いろはよ。紹介しよう。あちらに見えるのが、我が主ライドウ。そして召使いの澪じゃ」

巴様が顔を向けた先には二つの人影がありました。

一人は背の低い男性。もう一人は、細部は暗くて分かりませんけど、恐らく着物に身を包んだ黒髪の女性でした。

あの背の低い人が、巴様の主？

なんだかピンときません。

困った、という様子で頭を掻いたその人は、巴様ともう一人の供の女性に何事かを伝えて、こちらに向かってきました。

「話を聞くにせよ、まずは落ち着かぬ事にはな。いろはよ、儂らの宿においで。その方が安全じゃし、守ってもやれるからの」

「巴様達のお宿に……」

確かにギルドで紹介してもらった宿は、あっという間にショウゲツに見つかりましたし、それにもし前の宿に戻って明日の朝までに何かあれば、今度こそ捕まってしまいます。

あのお手並みであれば、巴様達と一緒なら、誰が襲撃してきたとしてもきっと……。

「異論はなさそうじゃな。では、ついて参れ」

「あ、はい!!」

これも、この出会いも、私の運なのでしょうか。このお三方と一緒にいるという事が、何かの意味を、特別な何かを私が見つける……その手助けをしてくれるのでしょうか。

ともあれ、現状では私に選択肢はないも同じ。

今は流れに身を委《ゆだ》ねるのです。

……。

それにしても。

ただ一人で外を歩くのと、頼れる方と一緒に歩くのは、こんなにも違うものなのですか。

凄く安心できます。

こちらをあまり振り向かない巴様の主の男性も、私を気遣っての事か、歩くペースが随分とゆっくりです。

背の高い女性お二人がしきりに話しかけ、それに彼が応答する形が凄く自然で、出来上がった空間に感じられました。

こぼれてくる会話を拾う限り、ライドウと称されるこの方は、随分とこの国の文化に詳しそうな印象を受けます。

でもなんというか、古典的というか、今風ではないというか……妙にずれた不思議な知識を持っているような気がするのです。

ん、それって？

何かが胸に引っかかります。

ただそれも、もっと大きな疑問に流されました。

周囲から注がれる奇異の目。

私に、ではありません。

ソレは二人の女性に言い寄られるライドウ様に注がれるもの。

原因ははっきり分かります。

というか、私にも疑問です。

一体この人のどこに、巴様ともう一人の女性が惹かれているのか。

さっぱり分かりません。

見た目は下の下ですし、特に凄い武装もしていません。

というか、武器すら持っていないような。

それに巴様から発せられるような明らかに常人とは違う強者のオーラ、そういうものも感じません。

魔力なんてほとんど全く。

話術もそれほどとは思えませんし……異性に受ける要素なんて、何一つ見当たらないのです。

どうして？

……あ。

少しだけ思いつきました。

彼は私と同じなのかもしれません。

家柄が良い。

もしくはお金持ち。

名前でも個人でもなく、立場が凄いという方向。

このライドウ様という人物が魅力を持っているとしたら、きっとそれしかないでしょう。

ですけど……。

巴様のような女傑が、そんな俗《ぞく》な要素に惹かれるのでしょうか？

澪という者は召使いのようですから、主の寵愛《ちょうあい》を受けて玉《たま》の輿《こし》に乗るくらいの事は考えもしましょうが。

それでも――このローレルの基準で見て、ではありますけど――相当な美人。

野心だってそれなり以上に持っていると思います。

やっぱり……さっぱり分かりません。

そんな事を考えつつも、彼らの泊まる宿に到着し、私は部屋に入れてもらいました。

かなり良い部屋なのです。

やはりライドウ様という方は相当なお金持ち。

私の推測は当たっていたようです。

そして、彼らがクズノハ商会という外国の商会の代表と幹部である事と、なんと中宮の彩律様の許可を得てこの国を見て回っていると、説明されました。

流石に色々と疑ってしまった私の問いにも快《こころよ》く答えていただいて、クズノハ商会の代表であるライドウ様は、外見とは違って大変柔和《にゅうわ》なお人柄《ひとがら》でした。

最後に澪様については……私の推測は大外れ。

二度と思い出したくない酷い目に遭う羽目に陥《おちい》りました。

澪様が巴様と同格の英傑であるかもしれない以上、私などの着替えを手伝っていただくなんてとてもできません。

必然的に、部屋付きのお風呂に入る時の介添《かいぞ》えはライドウ様にお願いする事になりました。

「ぼ、僕!?」

――と、驚いてらっしゃいましたけど。

多少彼に失礼ではありますが、同じ凡人枠でお家が立派なだけのライドウ様なら、私も気が楽なのです。

自分の力で運命を切り拓き、時に他者の未来まで左右するような超人の巴様に、そんな事をしてもらうのはとんでもないのです。

せめてスタイルだけでももう少し女性らしく仕上がっていればまだしも、こんな貧相な体の今では、ライドウ様にしても面白味のない事でしたでしょう。

久々のお風呂で私が少々はしゃいでしまったのもありましたけど、あの方は巴様や澪様とも普通に触れ合っていましたし、意外と女性の体に慣れていましたから。

それにしても。

私は、お姫様なのだと実感します。

たった数日湯浴《ゆあ》みをしなかっただけで、体が不快で仕方ありませんでした。

汗を体に残すだけの事がこんなにも不快に感じるなんて。

こうしてお風呂で思う存分肌を磨けるだけで、こんなにも気分が高まるなんて。

きっと庶民は毎日湯浴みなどしていないでしょうに。

そのうちに我慢できなくなって、はしたなくも湯舟で泳いでみたりなどしながら。

私はふと、〝私達〟と〝民〟がどれだけ近づいても……決して交わりはしないかもしれないと感じ始めていました。

思い返せばなんとも幼稚《ようち》な、でも当時の私には壮大で、まるで大きな哲学の謎を解き明かしたかのように考えていました。

ええ、それと気付きもせず伝説に触れ、これ以上ないほど心強い魂《たましい》の師達と、奇跡のような出会いをしていた事も知らずに……。

◇◆◇◆◇

翌日、脳裏に思い描くだけで悶絶《もんぜつ》してのたうち回りそうになる羞恥《しゅうち》の夜が明けて。

私はライドウ様にお願いして冒険者ギルドに寄らせてもらい、受付の職員さんに護衛の依頼のキャンセルを伝えました。私自身で頼るべき人を見つけたからと。

事実、私は話せる範囲でライドウ様達に事情を伝えて、助力を約束してもらっていました。

でも今日は何故か、ショウゲツ達からの接触はありません。

昨夜の一回だけで諦める爺ではないのですけど、不思議です。

クズノハ商会の皆さんも、爺達の襲撃をまるで気にしていない様子でした。

これも不思議です。

でもこんなのは、全然大した事じゃなかったのです。

ミズハを出立する折、街の衛兵の多くがクズノハ商会を見送るために整列しました。

ミズハの守護者たる竜騎士隊、地竜隊の方々まで。

馬車は大きく、貴人が乗るような見事な出来で、それを軍馬としても一級品であろう毛並みの良い馬が引いていました。

……街からの〝気持ち〟だそうです。

ライドウ様は必ず返しますからと恐縮していましたが……はっきり言って、この場合の〝気持ち〟は貸出ではなく、間違いなく献上でした。

どう考えても、ただの一商会に対する態度ではありませんでした。

「私は成り行きでこの方々に同道する者ですが、クズノハ商会とは一体どのような方々なのでしょう？」

思わずこっそりと地竜隊の隊長さんに尋ねてみました。

我ながら不審な物言いだったと思いますけれど、当代の地竜隊を率いる方は、平民の出でありながら突出した実力と人柄の持ち主だと爺から聞いていたので、思い切りました。

「……私が知る事などさほどございませんが。もしご存じでないなら、ライドウ様に手形を見せてもらえばよろしいかと。謎の一端《いったん》が分かるかと存じます」

「手形……ありがとうございます」

「……いえ。どうぞショウゲツ様によろしくお伝えくださいい、いろは様」

「っ!!」

「ご安心を。この道中をショウゲツ様達が邪魔する事はもうございませんから」

「……で、では」

お、驚いたのです。

爺――ショウゲツを知っていたなんて。

爺は意外と有名人のようです。

私の正体もしっかり露見《ろけん》していましたし。

何かが、私の知らない所で動いているような気がします。

――実際には、この時既に、それどころではない動乱の兆《きざ》しがそこかしこで蠢動《しゅんどう》していたのですが。

「あ、いろはちゃん。えっと、道中の村で寄れそうな所には寄ってほしいんだったっけ？」

ライドウ様が馬車に乗り込んだ私に確認の言葉をくれました。

そうなのです。

私は村の現状と、今年の税が適正なのかを見て、確認しなければならないのです。

「はい。もちろん、ライドウ様達のご予定に沿う範囲で叶えていただければ十分なのです」

「いいよ。でも検地をしたいって言うけど、どうやってやるつもりなの？　流石にあまり長い期間、一つの村に留まるわけにはいかないんだけど」

「そんなに時間はかからないと思うのです」

「え？」

怪訝な顔をするライドウ様。

「昨年の税の内容は私が覚えていますし、今年の作物などの収穫と村への魔物による被害状況を確認できれば……後は人口の推移が分かれば十分ですので」

「……収穫と被害、それに人口。それって時間がかかるような……」

ライドウ様が首を傾げます。

ふふふ、彼はこういう事は詳しくないのかもしれません。

その三点であれば、村の長が全部把握しているのです。

「いいえ。村長に話を聞くだけの事なのです、ライドウ様」

「え？　それって」

「彼らは毎年、領主にそれを報告するのが義務ですから。直接村を見て話を聞けば、正確に分かるのです」

ライドウ様は私の言葉にきょとんとした表情を見せた後、考え込むような様子で少しの間口元に手を置いて黙っていました。

それから私にこう勧めてきました。

「……なるほど、ね。そういう事……。分かった。できるだけ寄ってあげるよ。そうだ、馬車の中は退屈だろうから、澪と一緒に御者台で景色を見ておいで」

「でも、私は馬車を扱えませんし、お役には」

これまでそんな機会もなく、御者台で馬を操る技術はありません。

「大丈夫だから。別に仕事をさせたいんじゃないよ。言ったでしょ？　景色を見ておいでって」

……？

まあ、ライドウ様がそう仰るなら。

「分かりました。ではお言葉に甘えるのです」

「はい、いってらっしゃい」

薄暗く、ひんやりとした客車部分に巴様とライドウ様を残し、御者台に移ります。

そこには優雅《ゆうが》に座る澪様の姿。

手には扇子を持っていて、時折顔に風を送っています。

もう片方の手は膝に置いたままで、馬の方など特に気にしている様子もありません。

「あら、いろは。こちらに来たんですの」

「ライドウ様に、御者台で景色でも見てくるようにと」

「若様が。お優しい」

嬉しそうに目を細め、上機嫌になる澪様。

「あ、あの。馬を見ていなくて大丈夫なんでしょうか？」

「？　問題ありませんわ」

私の疑問に、澪様は当然のようにそう答えました。

「でも、馬の自由にさせてたら、カンナオイどころかどこに向かうのか……」

既にこの馬車は大きな街道を外れ、カンナオイまでの直線ルートに近い道を進んでいます。

難所しかないので、普通の商人や冒険者がこんな道を選ぶ事はありません。

「ちゃんとこの子達なりに考えたルートでカンナオイまで向かいますから、心配いりません。いろはの言う道中の村も、水場なども、ちゃんと言い含めてあります。あまりこの先に村は多くないとの事ですけどね」

「言い……含め？」

誰に？

まさか馬に？

「あはは、そんな馬鹿な事」

「何が馬鹿ですか。私ではありませんよ？　若様がです」

ライドウ様が。

ああ、なるほど。

……！

じゃありません!!

巴様でも澪様でもライドウ様でも。

これは誰が、という問題じゃありません!!

「意外と表情豊かな娘ですね。昨夜のお風呂でも随分と楽しんでいたようですし？」

「あれはその、久しぶりのお風呂で少し、ええっと……って、そうじゃないのです!? 馬の手綱《たづな》はちゃんとこちらで握っていないと！」

「いないと？」

「勝手気ままに動いてしまうじゃないですか!?」

「動いていますか？　勝手気ままに？」

え？

澪様に言われて改めて前を見ると、馬達はしっかりとした規律を感じさせる動きで、軽快に進んでいます。

街道は外れているものの、その歩みは明らかに目的地を目指していると思わせます。

誰も手綱を握っていないのに。

難所を考えなければ、確かにこの方向の遥か彼方に、カンナオイはあります、けど……。

「ちゃんと進んでいます……」

「でしょう」

澪様は当然だと言いたげに頷きました。

「ライドウ様が、馬と話したんですか？　そんな事できるんですか？」

「ええ。若様ですから当然です。いろは、貴方は少し若様の事を勘違いしてますわね？」

澪様の目が少し恐くなりました。

「え、えっと」

「ただのお金持ちの商家の跡取り、とでも思っていませんか？」

「う」

図星です。

「まったく、目に見える物だけを信じるというのは実に救いがたい。よいですか、まず若様はただ一代でこの財と商会を築いた方です」

「え」

でも、だって〝若様〟なのに？

少なくとも二代目でないとおかしいような……え？

「金貨を詰める蔵を造るのが追い付かない程度には稼いでおられる方ですよ。ついでに、世界の果ての荒野で得られる数々の素材の、ツィーゲにおける流通を確立した方でもあり、同時に四大国の重鎮《じゅうちん》に顔が利くロッツガルドの実力派臨時講師でもあります」

「……」

「ロッツガルドで起きた先の事件など、若様がいなければどうなっていた事か。今頃学園都市壊滅の知らせがこの国に入っていてもおかしくなかったですわ」

淡々と語る澪様。

でも内容は、あまり頭に入ってきてくれないのです。

少し、混乱が。

「はぁ。今度は呆《ほう》けますか。ん、ちょうどいいですわね。ちょっと見ていなさい、いろは」

林の中の道を進んでいた馬車の前方を見てから、澪様が〝ちょうどいい〟と口にしました。

衝撃的な言葉の内容をよく噛み砕けていない私は、機械的につられて前を見ます。

「!?」

前方に崖です。

崖というより大地そのものが深く裂かれたよう。

あ、これが……『底知《そこし》れずの断崖《だんがい》』。

特大から極小まで数多くの地割れが広がった難所にして、観光名所でもある場所です。

見渡す限り、数えるのも馬鹿らしくなるくらい多くの裂け目が口を開けていますが、確実に迂回《うかい》が必要ですね。

かなりの遠回りになると思います。

その時、一頭の馬が少し長めにいななきました。

「はーい、了解」

客車からライドウ様の声が聞こえました。

了解って……意味が分かりません。

けれど馬にはそれが伝わったのか、彼らは満足げに前進を続けます。

地割れがあるのです。

私達の！　進行方向に！

柵も何もない、深くて真っ暗な地割れがあるのですけど!!

ところが馬達に恐怖は見えず、澪様も当然といった様子で全く気にしていません。

「澪様!?　前、前！」

「ええ、よく見ていなさいな」

「？」

見てって、確かに底知れずの断崖。

それだけ……。

なの……です？

巨大な地割れの一部が引き合うように伸びて、くっついていきます。

小さなものは砂を落としながら塞《ふさ》がっていき……やがて馬車が進行するだろう方向に道が、橋らしきものができていきます。

魔力の光があちらの地面でぼんやり光っていますが、その力は一切感じられなくて。

瞬《また》く間《ま》にそこは道になり、両サイドには柱が立ち、石の欄干《らんかん》ができ……橋になりました。

凄く丈夫そうな石の橋。しかも欄干には上品な街のそれのように装飾まで施されています。

いつの間にか、橋の表面は石畳に変化していました。

「ロッツガルドで復興支援をされていたと聞いていますけど、確かに、立派な橋ですわ」

澪様が感服した様子で呟きました。

馬は、その石橋を何事もなく渡っていきます。

しばらく進むと、今度は馬が若干の恐れを込めた鳴き声を上げました。

何か、あったのでしょうか。

馬の不安が私にも伝わってきて、少し胸に冷たいものが生まれました。

澪様が確認するように呟きます。

「近くには水場……休憩ですか。でも、なるほど。周囲にアンデッドが湧いているようですね」

「アンデッド！　澪様はお分かりになるんですか？」

スケルトンとかゴーストとかゾンビ。アンデッドとは、そういう怪物を指します。

見た事はないけれど、その知識は私にもありました。

「当然でしょう。ここまでアンデッド臭いんですもの」

「澪ー。馬が怖がってるけど、面倒なら僕がやろうか？」

異変を察知したのか、ライドウ様が声をかけてきました。

「いえ、若様！　このくらい私が片付けますから」

「そう？　じゃ任せた！」

「はい！」

「ついでに水場までショートカットできるように道を拓いてもらえる？　結構遠回りになりそうだからさ。もう馬達も疲れてきているだろうし」

「お任せください。えいっ」

えいっ、って澪様。

そんな可愛らしい一言で一体何を。

それに〝お任せください〟って言葉は花でも舞いそうなくらい嬉しそうだったのに、〝えいっ〟は結構やっつけでした――しぃぃぃぃぃ!?

突然、周辺の景色のそこかしこに真っ黒な柱が出現して、天にも届きそうなほど高く渦を巻きました。

闇の竜巻としか形容できない魔術です。

「いろは、金魚にでもなりましたか。口をパクパクさせて。淑女《しゅくじょ》なら仕草に気を遣いなさいな。で……水場はあっちで現在の道がこうだから……このラインを通せば近道ですか、っと」

言葉もなく驚いていると、澪様にそれを注意されてしまって。

もはや掛け声すらなく、澪様が扇子を向けた先の森が、そこに立ち並んだ木々が、地を這《は》う闇に呑まれて沈み、なくなってしまいました。

闇の絨毯《じゅうたん》が導く先には、陽の光を反射して何かがキラキラ輝いています。

きっと先ほどから何度か仰っていた水場、でしょう。ええ。

馬達は進路を変え、喜々として水の気配、湖を目指していきます。

多分あの闇の柱がアンデッドを倒し、そして今こうやって湖までの近道を拓いたのでしょう。

ミズハを出発してから、まだそこまで時間が経ったわけでもないのに、私はもう数日旅したような、そんな疲れを感じていました。

「……」

「言葉もない、というところですか。まあ、これはこれでいい塩梅《あんばい》に漂白できたのかしら？　いろは、これからカンナオイまでクズノハ商会と若様と私達を存分に見せてあげましょう。学びなさい。いずれ違う形でクズノハ商会や若様の名を耳にした時に、貴方が正しい判断を下す事ができるように。私も巴さんも、その協力は惜しみませんよ。うふふ」

――既に、私は崖に一瞬で橋を架け、森に容易く道を造る様を見せてもらったのです。

それなのに、まだ何があると。

……もう、頭を空にするのです。

あるがままを、素直な驚きと感動とともに。

いっそ刑部いろはではなく、ただのいろはとして、この英傑達を知っていくのです。

覚悟を決める時です、いろは。

どこか悲壮《ひそう》な覚悟を胸に、決意を固めたのでした。


休憩中に昼食をとって、食後の休みの最中。

私に人生で初めてのお友達ができました。

この時まで私は全く気がつかなかったのですが、カンナオイ行きの道中を竜騎士の方がこっそり護衛についていていてくださったのです。

巴様に指摘されて出てきたのは、チュウゴ様と仰る凛々《りり》しい竜騎士。

見た目だけならライドウ様よりも遥かに強そうでしたが、腰が低い方でした。

彼は私達に合流すると、竜騎士のスキルを見せると言って、いきなり空高く跳び上がりました。

そして、見上げた私の視線の先で――ナニカに激突して、それらと一緒にまとめて落下してきました。

「え!?　え!?」

意味不明の状況に、私はパニックに陥って、何も行動する事ができませんでした。

しかし流石はクズノハ商会、そしてライドウ様です。

チュウゴ様ともう一人の女の子を難なく受け止めて、優しく横たえました。

巴様が治療にあたり、二人が目を覚まします。

ここまでは全く問題がなかったのですが、目が覚めた女の子——私よりも少し年上だろうその子は、安否を問う私達に対してとんでもない事を言い出しました。

所謂〝私は誰、ここはどこ？〟です。

正確には、何故か巴様が彼女の名前を知っていたので、名前だけは分かりましたが。どうやら有名人のようでした。

名はモーラ。何故か一人旅をしている外国の少女です。

この時私は、旅の中で出会った多くの大人達には感じた事のない強い興味と好奇心を、このモーラに抱きました。

思えば、これまでの私の人生の中で、対等な立場で接する同世代の友人などいませんでした。

全ての人間関係は立場あってこそのもの。そのほとんどが上下関係で、横の繋がりは趣味や習い事を通じての浅い付き合いがある程度。

「モーラ、ちゃん」

誰にも聞こえないほどの小さな声で、私はそう呟いていました。

◇◆◇◆◇

ライドウ様とクズノハ商会の人達と街を出たその日から、私には想像すらできない事が、道中のそこかしこで起きて、起きて、起きまくったのです。

冒険者ギルドの職員さんが設定してくれた、あの妙な称号のせいでしょうか……。

行く先々の村で、聞き取りに至るまでに結構な問題が山積していたり。

いえいえ、その程度は些末《さまつ》な事だったと、今ならば言えます。

モンスターの襲撃、亜人と村の抗争、それに山火事や洪水、その後遺症とも言える地形の変化による障害など。

全てがたったの数日間の出来事だというのに、いちいちどこで何が起こったかなんて、もう全部は正確に思い出せません。

そして日記とは別に、かつてないほどの文字数を誇る帳面が出来上がりました。

元々、各村の村長から聞き取った話をまとめる予定で持ってきた帳面でしたけど、思わぬ役に立ちました。

もちろん、今私の膝の上に載っているコレには、村の現状についても書き留めてあります。

ほとんど全てはクズノハ商会の力によるものですけど、調査は信じられないくらい順調に進みました。

ミズハからカンナオイまでの直線最短ルートを進むという無茶のおかげで、絶対に行けないと思っていた村にばかり訪れるという、良いのか悪いのかよく分からない事も起こりましたけれど。

いずれにしても、とんでもなく濃い道中でした。

立ち寄れる最後の村で一泊し、朝になって出発した私達。『底知れずの断崖』も『死者《しじゃ》の森《もり》』も、難所らしさを一切感じることなく初日に既に踏破《とうは》済み。

この日は、名前が挙がる中でも最も危険だと言われている『万毒峡《ばんどくきょう》』に、午前中には到着しました。

そこは名前の通り、両側を高い崖に挟まれた峡谷《きょうこく》で、長い隘路《あいろ》が続いています。

崖は切り立ったというほどの絶壁ではなく、ある程度傾斜があり、正面から見れば逆三角形に見えます。

問題は、この崖の斜面と隘路部分。

季節を問わず色とりどりの草木が生い茂る、それはもう美しい草木花々の園です。

これらが〝万毒〟の名が示す通り、どれも凶悪な毒花ばかりでなければ、どれほど心和む事か。

ミズハとカンナオイ間の危険地域の中では一番アクセスが悪いのに、毎年、依頼を受けてここの毒花を採取に来た人が死んでいるそうです。

「凄い名前の割に綺麗な所じゃない。これだけ多様な毒草、毒花、毒果実が集まった場所、学者や研究者、専門家にとっては垂涎《すいぜん》の宝島ね。きっとあの錬金マニアなら狂喜乱……う、研究、マニア？　あ、ちょ、ま、何か思い出せそう……！　あーーもう!!　掴もうとすると急にぼやけてく!!」

モーラちゃんが感心しつつも、何やら苛立たしげに言っています。

冒険者としてもかなりの実力を持っていた彼女は、竜を操る竜騎士に似たジョブだったようです。

前に一度、チュウゴさんが召喚した相棒のタイランドロードのラビを見て戦い方を思い出したのか、モーラちゃんは竜の制御みたいなものを奪い取り、自分の戦力として扱って大暴れしました。

あれも事件でした……。

モーラちゃんはそのままラビを自分の竜として護衛代わりに強引に契約しようとしましたが、チュウゴさんが縋るようにして断っていました。

縋るように断るとはおかしな言い方ですが、それ以外に表現できない奇妙なナニカでした。

爆笑していた巴さんも、契約はやりすぎだと止めに入って……。

あ、私がチュウゴ様をさん付けで呼ぶようになったのも、その時からだと思います。

腕も立つし格好いい、やる時はやってくれそうな竜騎士ですが、どうにも締まらない方だな、と感じてしまって。

巴様も〝お前はどこまでらびちゅうなんじゃー〟と、ツボにはまったように笑っていましたし。

巴様と澪様はライドウ様の側近だと言われてはいますが、お二方とも振る舞いが本当に自由です。

一見、ライドウ様の気苦労が多そうに思えますけど、よく見ると楽しそうにされていますし、私が見た事がないだけで、これも主従の在り方の一つなんだと勉強できました。

私も……もしもこんな風に旅をする機会があるなら、ライドウ様達のような雰囲気で道中を楽しみたいものです。ショウゲツがいるだけで無理そうですが。

「焦らないでください、モーラちゃん。記憶が戻ってやる事を思い出すまで一緒にいますから！」

「いろははは良い子よねえ。何か知ってるのに全く教えてくれないクズノハ商会の連中とは大違いだわ！　か弱い子供をなんだと思ってるのよ！　ギャクタイよ、ギャクタイ！」

モーラちゃんがぷんぷん怒りますが、ライドウ様達はスルー。

確かにライドウ様の表情には何か事情を知っていそうな苦笑いが時折浮かびます。

積極的にからかいにいく巴様も、なんだかんだ言いながらモーラちゃんの分もご飯を作ってくれる澪様も、きっと何かを知っています。

けれどお三方とも自力で思い出させる方針のようで、それがモーラちゃんには不満みたいです。

一時はかなりピリピリした嫌な空気になったりもしました。

実際、モーラちゃんとクズノハ商会がどんな関係なのか……それは無理でも、モーラちゃんが何者なのかは、私も気になっていました。

もし私がライドウ様に聞いていたら教えてもらえたでしょうか。

虐待だと訴えるモーラちゃんに、巴様が反論します。

「記憶などなくとも、己の力をしっかり使いこなして天下の竜騎士殿から騎竜を奪おうとする猛者《もさ》を子供扱いして、しかも虐待など、とてもできぬわ。うさ――チュウゴなど、半泣きじゃったぞ？」

確かに顔面蒼白《がんめんそうはく》で今にも大泣きしそうでした、チュウゴさん。

「……ふん！　いろは、私で解毒が間に合いそうな所で採集しましょ。お小遣い稼ぎになるわ」

モーラちゃんは巴様からぷいと顔を背けると、私をそう誘いました。

「お小遣い稼ぎですか！」

「そ、街につけば自由になるお金はいくらあってもいいもの。見知らぬ街で金欠なんて恐怖だわ」

「なるほど！」

「というわけで、いいわよね、ライドウ殿」

「ああ、もちろん。いろはちゃんをよろしくね、モーラ」

「記憶があろうとなかろうと、妹分を守れないほど情けなくないのよ、私は！」

モーラちゃんに手を引かれて危険な花園に足を踏み入れると、とても良い匂いが鼻をくすぐりました。

花や草の持つ毒、薬としての効能について教えてもらいながら、私は花を担当して摘《つ》んでいきます。

先ほど〝錬金マニア〟と表現した――こういったものに詳しいであろう――仲間に教えてもらったんだと思うと話しながら、モーラちゃんは採集の手本を見せてくれます。

時々彼女が見せる苦しげで悩ましげな表情が、記憶を取り戻せない辛さを物語っていました。

そして（主にモーラちゃんが）満足いくまで薬や毒の素材を集めると、私達はチュウゴさんの待つ馬車に戻りました。

「で、あいつらは……やっぱりあっちに行くのね」

モーラちゃんの言う〝あっち〟とは、彼女から絶対に行くな近づくなと注意された方角です。

右側の崖の中腹。

私達は万毒峡の半ばよりも少し先で馬車を止めているので、峡谷上から見たとして、真ん中から少しずれた辺りでしょうか。

「そこら中に人骨が転がっていそうな毒花の園《その》で、よく採集なんぞできますな。まったく、我ら竜騎士も顔負けの大活躍ですよ」

ちょっと拗ねたようなチュウゴさんの言葉が可愛いです。

チュウゴさんは、普通はこんな所でキャンプに来た家族連れの午後みたいなのどかな時間など過ごせないと、頭を抱えていました。

私も同感ですが、モーラちゃんといる時間の楽しさ、これまでの非常識による精神汚せ——驚愕のせいで、感覚が麻痺していたのだと思います。

「あのね、チュウちゃん。私のレベル、貴方の倍以上なの。修羅場もそれ以上に経験してるってわけ。自分が年上ってだけで相手を見下ろすのって、恥ずかしい事よ？」

モーラちゃんが諭《さと》すように喧嘩を売る。

大の大人で男性のチュウゴさんですから、モーラちゃんと話せば当然見下ろしてしまいます。

お前、私の半分以下なんだから、話したいなら、こっちの目線に合わせろよ。

モーラちゃんはそう言っているのです。

彼女は、私とは違った意味で大人と話し慣れているというか、煽《あお》り慣れています。

同じではないにせよ、私と似たような環境にいる子だったのかなと思いました。

「ぐぬぬぬ」

「ほら、お座り、チュウちゃん。報告して、クズノハ商会の三人は何しに行ったの？」

「君達と同じように採集だろうさ。あの人達も大概とんでもない」

チュウゴさんの答えを聞き、モーラちゃんが目を細める。

「ラビ、良い竜よねえ。あら、今、巴もいない」

「!!」

「つまんない小細工してないで、本当の事を言いなさいよ。今度こそ……もらっちゃうよ？」

「君は本当に竜騎士の天敵が如き存在だな！　お三方は親玉と話を付けてくると仰っていた」

「親玉？」

「なんでも、この環境を生み出し、保っている根本の存在がいるらしい。私には気配も掴めんが
……っ!?」

チュウゴさんの言葉の途中で、指し示されたライドウ様達がいる場所の周囲が、突然ぐにゃりと歪みました。

「結界⁉　術師の気配もなかったのに⁉」

「え？　え？」

三人の姿が一瞬その歪みに触れて消えます。

しかしすぐに歪みの方が霧散して、再びライドウ様達が姿を現しました。

同時に、一際《ひときわ》大きくて立派な樹が出現しました。

「なんて禍々《まがまが》しい樹よ。毒というよりも呪いを発していそうなんだけど」

モーラちゃんは冷や汗を流しながら、突然現れた樹を見つめています。

一方、チュウゴさんは心当たりがあるのか、首を捻っています。

「禍々しい？　いや、確かにそうだが、あれは、あの樹はむしろ」

「！　知っているの、チュウちゃん⁉」

「あ！　そうです！　あれ、あんなに大きいのは見た事がありませんけど、柊《ひいらぎ》の樹！」

私が先に答えると、チュウゴさんは同意するように頷いた。

「ご存知でしたか。ええ、あれは柊の巨木。しかし柊があんな巨木になるなど、聞いた覚えがありません」

「私も知りませんでした。それに柊は退魔の樹と賢人様の教えにあったはずです」

「葉は病を退《しりぞ》け、枝は呪いを祓《はら》う。ローレルでは庭木としても人気の高い柊が、何故あんな事に」

万毒峡の元凶が柊だなんて、悪い冗談なのです。

トゲトゲした葉にライドウ様が自然な仕草で触れます。

巴様と澪様を交えて何やら歓談中でした。

そして、お三方が朗らかに笑ったかと思うと、柊が一回り萎《しぼ》んで、寄る者どころか見る者すら殺しそうな、瘴気とでも言うべき負のエネルギーの圧が綺麗に消えました。

『……』

私、モーラちゃん、チュウゴさんが揃って絶句しました。

「ひゃっ」

ぽかんと口を開けていた私は、強烈な風を受けて情けない声を漏らしてしまいました。

そしてそれが萎んだ柊が放った強い風なのだと気付きました。

残ったのは爽《さわ》やかな香りのみ。

それが、万毒峡が後の『万薬峡《ばんやくきょう》』に変わった瞬間でした。

毒草のみが見事に枯《か》れ、吹き飛ばされていました。

慌てて私達が集めた毒草を見ると、そちらは無事でした。

「まさか一帯の毒草まで一瞬で枯死《こし》させて吹き飛ばすとは。本来の柊の力ってやつかな。素材採集地として見ると、ちょっとやらかしたかもしれない……というか毒草と薬草の線引きって、この場合どんな……？」

戻ってきたライドウ様は〝思っていた結果とちょっと違った〟みたいな顔で、ははは と笑っていました。

「い、一応私達のいる分はもう取ったから！　それに、ここが薬草採取で一般人にも来られる場所になれば、みんな喜ぶでしょ、良いんじゃないの」

モーラちゃんは明らかに強がっていて、ライドウ様への畏怖が見え隠れしていました。

それが澪様には心地よかったようで、彼女は上機嫌です。

「そう、なら毒草の方は少しずつ私が買い取ってあげます。上手く使えば調味料になるかもしれませんし」

「お、お薬じゃなくて、お料理ですか⁉」

薬膳料理《やくぜんりょうり》も作るんでしょうか。澪様は凄腕です。

「ほれ、いろは、モーラ、チュウゴ。面白い物をやる」

次いで、巴様も上機嫌で私達に手を出すように顎《あご》で促しました。

大人しく従って手を出すと、尖《とが》った感触と特徴のない軽いナニカが差し出されます。

木の葉でした。

一枚は柊、多分あの柊の葉です。でも、もう一枚の丸いのは？

「長く生きた柊の葉、ちと育った環境が特殊なヤツじゃったが、心を入れ替えた。お守りに加工するもよし、今日の記念に持つもよし、薬か毒に使うもよし。好きにするがよい」

「巴、説明が足りないでしょ」

どうしていいのか分からずにいると、ライドウ様がフォローしてくれました。

「では！　若より直々のご説明がある。心して聞け？」

『は、はい！』

思わず素直に返事していました。なんとモーラちゃんも。

「……あのなあ。えっとね、その葉っぱは両方柊。なまじ力を宿していたのか、尖ったまま毒を撒き散らしていたあの柊の古木ね。あれは古木なんて呼ばれるほど樹齢を重ねると、本来なら葉っぱは丸くなるんだ。でまあ、ちょっと色々話してみてね、なれるものなら穏やかに緩やかに、残りの時間を過ごしたいって望んだから、三人で力を貸して……で、こうなった。あの柊はここ一帯の支配者みたいな立場らしいけど、もう毒を撒き散らさず、葉も丸くして生きていくみたい。その葉っぱは記念にもらったもの。三人の分ってわけ。カンナオイに戻ったら、詳しい人に鑑定してもらって、使うなり売るなり加工するなり、好きにしていいから」

「んふふ、また一つ若に面白い事を教わったのう」

「良さそうな食材をいただきました。でも他も一通り見ておきませんと、ふふふ」

澪様の袖の所に、赤い実と紫色の実がちらちら覗いています。

僅か、半日です。

それで万毒峡は、消え去りました。

危険な隘路は、豪華な馬車が一台余裕で通れる幅に拡張されています。

あー……違います。それどころではありません。

つまりこれは、この旅は、ミズハからカンナオイまでの新しい道を敷いてしまったという事で。

……。

商会って、なんなんでしょうか。外国では、世界最高峰の特殊能力持ちが所属する集団の事をそう呼ぶんでしょうか……。

思わず遠い目をして意識を失うところでした。

◇◆◇◆◇

その夜。

野営で皆がくつろぐ中、私はランタンの明かりを頼りに、クズノハ商会のおかげでまとまりつつある帳面と、私見をまとめた書類を見直しています。

「やはり、どの村も状況は悪いのです。こんな状態で無理な増税なんてしたら、数年先を見るだけでも取り返しがつかない被害に繋がりかねないのです」

見返しても、村の現状に明るいものはあまり見られません。

何故か、私達が村を訪れたタイミングでトラブルの種が活性化して大問題になった件については、ライドウ様達がほぼ解決してしまいましたけど。

とはいえ、ようやく好転しかける、その程度のプラス材料にしかなりません。

でも、今は道があります。それに……！

「これをお父様達に見せさえすれば、きっと……！」

「や。いろはちゃんはまだ寝ないの？」

私の呟きを聞いたのか、ライドウ様が声をかけてきました。

「――っ。ライドウ様、夜なのにこんな明かりを用意していただいているので、すぐ眠ってしまうのが勿体《もったい》ないのです」

「……寝不足は特に子供には良くないんだけどなあ。明かりを用意したのは失敗だったか」

ライドウ様は困ったようにこめかみの辺りを掻いています。

「そんな事ありません！　凄く嬉しいのです!!」

大体野宿だと、夕食を終える頃にはせいぜい焚火《たきび》の明かりしかないのが、多分普通です。

でもライドウ様達は獣も魔物も野盗の類も一切恐れていないので、夜は思い思いに明かりを用意して自分の時間を過ごしています。

私も書き付けをするために明かりをとお願いしたら、ライドウ様はあっさり普通のランタンに魔力の光を宿してくれて、それは今日までずっと使えています。

暗くなると勝手に点灯して朝になると消える、優しい光です。

もうすっかり夜も深まったのに、ほっとする明るさを放ち続けています。

それで私も勿体なくなって、つい夜更《よふ》かしをして、こうやってライドウ様を困らせてしまうのですが。

ちなみにモーラちゃんは、夜更かしは美容の大敵だからと夜は早めに寝ています。私にくっついてきて、機嫌よく穏やかな寝息を立てる姿は、妹ができたみたいで凄く可愛いです。

昼はお姉ちゃんで夜は妹、モーラちゃんは凄い技を持っています。

「はは、そっか。あれだね、寄った村寄った村で色々問題が起きていて、首を突っ込んでお節介もしてきたわけだし。いろはちゃんにあげたそのランタンも、お節介の一つって事にすればいいかな。……で、どう？　村を見て回った印象は？」

「……良くないのです。やっぱり、増税は今すべきではないと、私は思ったのです」

「聞き取った情報から、そう思ったの？」

「はい」

「じゃあ、実際見た村の人や、それぞれの村が抱えていた問題だとか、亜人や野盗の襲撃なんかの非常時の態度とかを見ていて……それはどう思った？」

「え？」

ライドウ様は答えを求めているというか、私の考えを知りたいといった様子で言葉を続けました。

どうと言われても……みんな、困っていたのです。

「村中が凄く困っていたのです。偶然ライドウ様達がいたからよかったですけど、もしそうじゃなかったら、きっといくつかの村は滅んでいたと思うのです」

それについては、今更ですけど、私の称号の責任かもしれないと感じ始めているので、余計に申し訳なく思います。

「……そこはまあ僕のせいかもしれないから、思わず助けもしたけど」

「え？」

「あ、いや。うん。いろはちゃんは優しいね。〝答え合わせ〟をするのが少し残酷な事にも思えてくる」

「答え合わせ？」

ライドウ様はとにかく規格外で、何を言い出しても不思議ではない方ですけど、答え合わせとは一体なんでしょう。

いつも以上にさっぱりなのです。

そんな私でも、時折ライドウ様の手から光の線が放たれてどこかに飛んでいくと、ああ、近くに魔物がいたんだなとは分かるくらいにはなりました。

なんのつもりか聞いてみたら、〝魔術の練習だよ〟と笑ってましたけど、そんなの絶対に誤魔化しなのです。

その度に澪様が、光が飛んで行った先に冷たい目を向けるのを見れば、一目瞭然というものです。

実際、この馬車での旅路で、襲い掛かってくるナニカと遭遇した事なんて一回もありません。

こちらから索敵して、先制して即戦闘終了というパターンだけです。

毒の谷はお花畑になるし、崖に橋は架かるし、森は道になるし、死霊は頭を下げて湖の守護者になるし……ある意味、ギネビアさんの精霊道よりも反則な旅だった気がします。

寄った村の数を考えると、普通なら一月《ひとつき》は絶対にかかっていたはず。

「カンナオイに着いてからのお楽しみ、かな。もうそんなにかからないだろうしね」

「ライドウ様はやっぱり賢人様なのです。手形を見た時、驚くよりもなんだか納得したのです。不思議で、凄い方です」

「……賢人か。その呼ばれ方はどうも慣れないんだよね。それに、ここに居ついた日本人って、大概はっちゃけたのばっかりだし、はっきり言って同一視されると恥ずかしくて、引き篭りたい気分になる事の方が多い」

「先人が残された数々の偉大な功績をお喜びにならないのですか？」

「輝かしい実績はいくつか僕も知っているけどね。竜魔鉄道とか感動モノだったし……ただほら、そういうのがあってもさ。戦闘訓練の服装が女子限定でブルマになっているのとかを見ると、尊敬の念が一瞬で時の彼方に消し飛ぶっていうか。こっちに来た中には平成組も結構いたみたいなのに、なんでハーフパンツじゃ駄目なんだよっていうか」

「凄く良いですよ、ブルマ？　気が引き締まるのです。尊敬できなくなるほどのものでしょうか、あれ」

ライドウ様の言うハーフパンツという物も、語感でなんとなくどういう衣服か想像できますけど、賢人様の残された功績やそれに対する印象を左右するほどのものとは……。

「多分一生埋まらない溝なのかもって思いました、まる」

真面目な顔をしたライドウ様が唸るように呟きました。

「？　それで、ライドウ様のお話は一体？　早く休めという事でしたら、今日はもう休みますが」

「あー、そうじゃないんだ。ちょっと馬達と話をね。それで、まだ起きていたいろはちゃんに声をかけただけ」

「……そういえば、動物と話せる賢人様がいたという話は聞いた事がないのです。というか、ライドウ様は動物どころか魔物とか死霊とかともお話……していませんでしたか？　私の思い違いなら安心――いえ、それでいいのですけど」

「実はできるね」

私の疑問に、ライドウ様がさらっと答えました。

「できるのですか？」

「うん」

「凄い力です。尊敬するのです」

この世の人ならざるものとも話ができる――本当なら凄い能力です。

そしてライドウ様の事だから、多分本当なのです。

「クズノハ商会の事と一緒に、基本的には内緒にしといてね。絶対の口止めってわけでもないから友達との約束くらいに思っておいてよ」

「友達……」

私にはほとんど馴染みのない言葉。

友と呼べる存在との約束事なら、相当に重いものだと思います。

ライドウ様がもし友であるなら、これほど心強い事もないのです。

今や、私などが友などと口にするのはおこがましい人だと分かってはいますが。

流石にもう、ライドウ様に入浴の介添えを頼むなど……無理です。

私の言った基準からして、一番頼んではいけない人でした。

着替えの仕方も、この旅で覚えましたし。

「ついでに言っちゃうと、最近は木とか石でも、なんとなく意思疎通できちゃうんだけどねー。いや、ここまで来ると、結構困りもするんだ」

「あぁ……」

木や石と心を通ずるなんて、もはや俗世に生きる人ではないような気さえしてくるのです。

でも万毒峡の柊の件があるから、これも多分本当だと思います。

「あ、そうだ。ついでに一つ聞いちゃおうかな」

とんでもない告白をさらっとしたライドウ様は、普段とまるで変わらない様子のまま、私の顔をまっすぐ見ました。

「っ、私にお答えできる範囲でしたら、力の限り……！」

いっそ、もう刑部の者である事でさえ。

「そこまで思いつめるような話じゃないよ。あのさ」

「はい！」

「いろはちゃんって、イズモの婚約者なんでしょ？」

………。

……。

イズ……モ？

「聞くまでもなく、図星か。澪も言ってたけど顔に出るね、いろはちゃんは。少し前までの……いや、今もか、僕みたいだ」

「ラ、ラ、ライドウ、様？」

なんでライドウ様からイズモ様の名前が!?

「実は知っていたようなものだけどさ。ちょっと確認だね」

「その、私、えっと!?」

「いいよいいよ。別に責めているんじゃないし」

「……なんで!?　なんでなのです!?」

「巴か澪から聞いているかもしれないけど、僕はロッツガルドで講師もしているから。実はイズモに実技を教えてもいたりなんかして」

ライドウ様は照れ隠しのように頭を掻いていますが、私はそれどころではありません。

「！？！？　まさか、あの」

「ん？」

「涼しい顔をして、生徒を死の淵《ふち》で自在に弄《もてあそ》び、生かさず殺さず鍛え抜く……」

「……」

「男と女で変えるのは表面だけで、結局やる事は何一つ変えない、ある意味物凄く平等な、商人の皮を被った鬼」

「……」

「知っただけで障《さわ》りがあるといけないから、名前は伏せさせていただきます――の臨時講師様なのですか⁉」

私が思わず口走った内容を聞き、ライドウ様の顔がひくついています。

しかしきっと、いえ、絶対に。

私の顔の方が引きつっていると思うのです。

「……まったく、イズモの奴は困った事を伝えたもんだね、あはは……」

「本当に。こんなに優しい方を、もうイズモ様は、ふふ」

とても庇《かば》いきれるものでもありませんけど、なんとか同意してその場を取《と》り繕《つくろ》ってみました。

それにしてもライドウ様、クズノハ商会。

商人で、賢人様で、その上イズモ様の先生をなさっているだなんて。

この出会いはきっと精霊様の思《おぼ》し召《め》しです。

最近は巫女様も国外に出ているから、そのお言葉も少ないと伝え聞いていましたが、そうに違いありません。

戦部と刑部の確執を憂《うれ》えてか、それとも、ヤソカツイの大迷宮の異変を慮《おもんぱか》ってか。ライドウ様とクズノハ商会をローレルの地にお連れになった。

これは……大変な事になってきました。

私は、この方とクズノハ商会がカンナオイで成す事の……見届け人に任じられたのかもしれません。

ちょっとやそっとで驚いている場合ではなくなってしまったのです。

私の故郷カンナオイ。

そこで何が起きようとも……この両目で、しかと見届けてみせるのです。

月が導く異世界道中
Tsuki ga michibiku isekai douchu.
原作 あずみ圭
漫画 木野コトラ
1～13
シリーズ累計360万部！（電子含む）
2024年1月8日から
TVアニメ第2期放送
（TOKYO MX・MBS・BS日テレほか）
とことん不運、されどチート!!
薄幸系主人公の異世界放浪記
主人公・深澄真は両親の都合で、不運にも異世界へと召喚される。しかもその世界の女神に「顔が不細工」と罵られ、問答無用で最果ての荒野に送り込まれてしまう。人の温もりを求めて荒野をさまよう真だが……。
●B6判 ●各定価:748円（10%税込）
無料で読み放題
今すぐアクセス！
アルファポリスWebマンガ
コミックス好評発売中
月が導く異世界道中
あずみ圭
木野コトラ
13
360万部
TVアニメ
［第2期］2024年1月8日から
2クール 放送開始！
TOKYO MX・MBS・BS日テレほか

異世界ゆるり紀行
子育てしながら冒険者します
1~15
水無月静琉
Minazuki Shizuru
シリーズ累計
110万部（電子含む）
突破!!
2024年待望のTVアニメ化!
1~15巻
好評発売中!
コミックス
1~8巻
好評発売中!
異世界ゆるり紀行 子育てしながら冒険者します
水無月静琉
転生したら双子を保護しました。
子連れ冒険者の異世界のんびりファンタジー!
特別賞受賞作!
子連れ冒険者ののんびりファンタジー!
神様のミスで命を落とし、転生した茅野巧。様々なスキルを授かり異世界に送られると、そこは魔物が蠢く森の中だった。タクミはその森で双子と思しき幼い男女の子供を発見し、アレン、エレナと名づけて保護する。アレンとエレナの成長を見守りながらの、のんびり冒険者生活がスタートする!
異世界ゆるり紀行 子育てしながら冒険者します
水無月静琉
みずなともみ
1
転生したら、幼い双子を保護しました。
シリーズ累計
15万部!!
◉各定価：1320円（10%税込）◉Illustration：やまかわ
◉漫画：みずなともみ B6判 ◉各定価：748円（10%税込）

Re:Monster
リ・モンスター
1〜8.5〜9・外伝
暗黒大陸編1〜3
金斬児狐
Kanekiru Kogitsune
シリーズ累計
150万部
(電子含む)
突破!
TVアニメ化
決定!!
ネットで話題沸騰
怪物転生
ファンタジー
最弱ゴブリンの下克上物語 大好評発売中!
Re:Monster
リ・モンスター
金斬児狐
転生したのはまさかの最弱ゴブリン!?
ネットで超人気!
怪物転生
ファンタジー
【小説】
1〜9巻／外伝／8・5巻
●各定価：1320円（10％税込）
●illustration：ヤマーダ
新章
:Monster
リ・モンスター
暗黒大陸編
1
最弱ゴブリンから最強黒鬼
そして新世界の伝説へ!
新たな旅が今始まる!
65万部
新シリーズ!
【小説】
1〜3巻（以下続刊）
●各定価：1320円（10％税込）
●illustration：NAJI柳田
コミカライズも大好評
Re:Monster
リ・モンスター
1
転生したのは…最弱ゴブリン!?
異世界下克上
サバイバルファンタジー
累計
23万部
突破!!
待望のコミカライズ!!
●各定価：748円（10％税込）
●漫画：小早川ハルヨシ

The Record by an Old Guy in the World of Virtual Reality Massively Multiplayer Online
とあるおっさんのVRMMO活動記
椎名ほわほわ
Shiina Howahowa
1~29
アルファポリス
第6回
ファンタジー
小説大賞
読者賞受賞作!!
累計180万部突破の大人気作
(電子含む)
TVアニメも大好評!!
TOKYO MX・
BS11ほか
コミックス
1~11巻
好評発売中!
とあるおっさんのVRMMO活動記
椎名ほわほわ
現実じゃ冴えない会社員(38歳・独身)……
でもVRMMOの中では
名うてのスキル職人!?
ネットで
人気爆発!
冴えないおっさんのほのぼのVRMMOファンタジー!
第6回アルファポリスファンタジー小説大賞
読者賞受賞作、待望の書籍化!
超自由度を誇る新型VRMMO「ワンモア・フリーライフ・オンライン」の世界にログインした、フツーのゲーム好き会社員・田《た》中《なか》大《だい》地《ち》。モンスター退治に全力で挑むもよし、気ままに冒険するもよしのその世界で彼が選んだのは、使えないと評判のスキルを究める地味プレイだった!
——冴えないおっさん、VRMMOファンタジーで今日も我が道を行く!
1~29巻 好評発売中!
各定価:1320円(10%税込) illustration:ヤマーダ
とあるおっさんのVRMMO活動記
1
料理生産から冒険までVRMMOで大活躍!!
大人気ファンタジー待望のコミカライズ!!
18万部!!
漫 画:六堂秀哉 B6判
各定価:748円(10%税込)
アルファポリスHPにて大好評連載中!
アルファポリス 漫画
検索

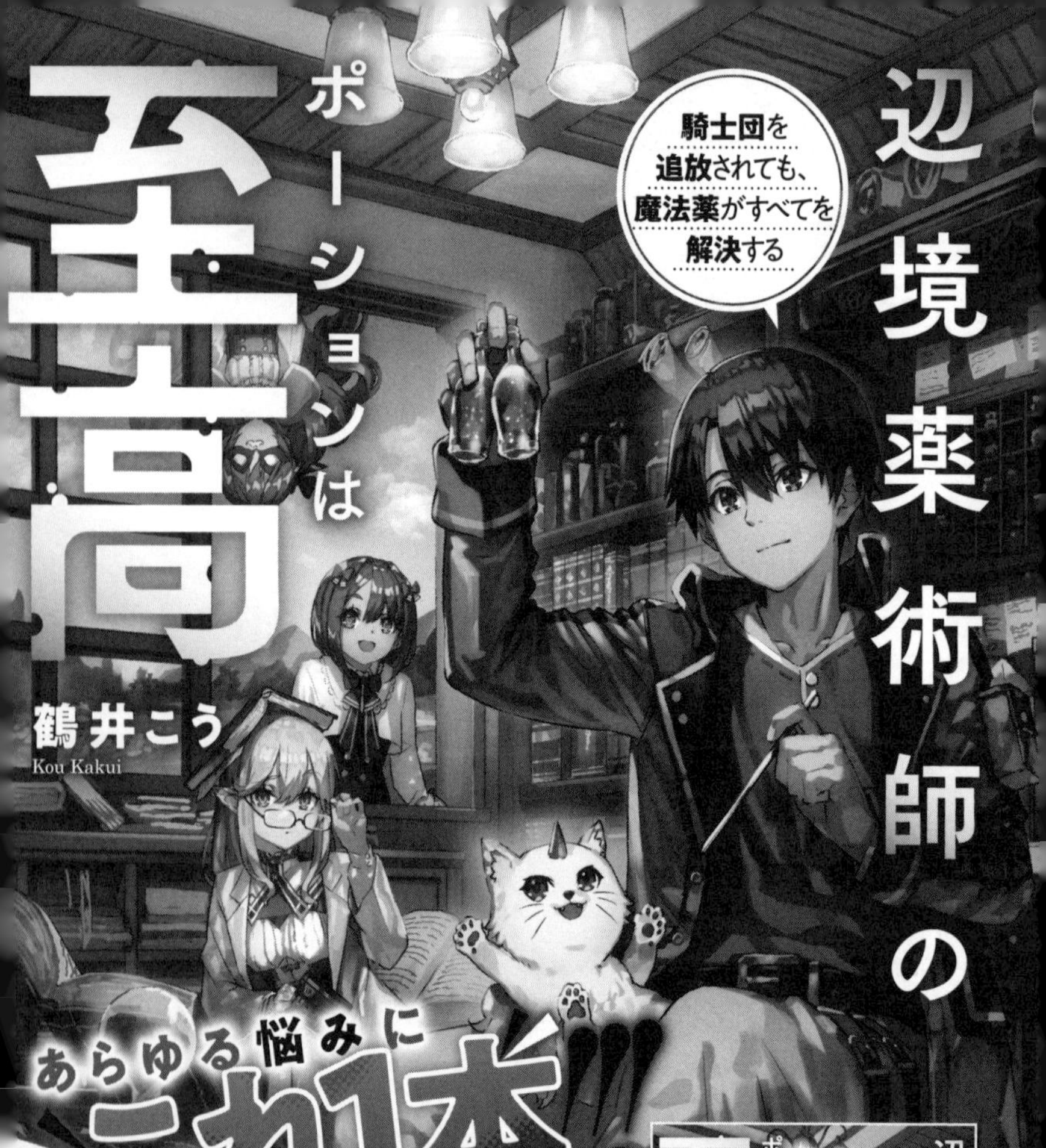

ロッドは途方に暮れていた。職無し家無し一文無し。ポーションを作る魔法薬術師として働いていた彼は、同僚に手柄を横取りされ職を失ったのだ。なけなしのポーションを町に売りに行く途中、ロッドは白いパンツ……もとい、茂みに突っ込んだ少女メリアと出会う。辺境伯の娘だという彼女にポーションをあげると、あれよあれよという間に、辺境フーリアンの工房で働くことに。金髪エルフの工房主や鳴き声がおかしい猫もどき、オジサンを名乗る怪盗少女——変わった人(?)たちに囲まれながら、ロッドは悩める辺境の住人をポーションで解放する!

◉定価:1320円(10%税込)　◉ISBN 978-4-434-32939-5　◉illustration:中西達哉

この作品に対する皆様のご意見・ご感想をお待ちしております。

おハガキ・お手紙は以下の宛先にお送りください。

【宛先】

〒150-6008 東京都渋谷区恵比寿4-20-3 恵比寿ｶﾞｰﾃﾞﾝﾌﾟﾚｲｽﾀﾜｰ 8F
(株) アルファポリス　書籍感想係

メールフォームでのご意見・ご感想は右のＱＲコードから、
あるいは以下のワードで検索をかけてください。

アルファポリス　書籍の感想　検索

ご感想はこちらから

本書はWebサイト「アルファポリス」(https://www.alphapolis.co.jp/) に投稿されたものを改稿のうえ、書籍化したものです。

月《つき》が導《みちび》く異《い》世《せ》界《かい》道中《どうちゅう》 19

あずみ圭 (あずみけい)

2023年 12月 31日初版発行

編集－仙波邦彦・宮坂剛
編集長－太田鉄平
発行者－梶本雄介
発行所－株式会社アルファポリス
〒150-6008 東京都渋谷区恵比寿4-20-3 恵比寿ｶﾞｰﾃﾞﾝﾌﾟﾚｲｽﾀﾜｰ8F
TEL 03-6277-1601 (営業)　03-6277-1602 (編集)
URL https://www.alphapolis.co.jp/
発売元－株式会社星雲社(共同出版社・流通責任出版社)
〒112-0005東京都文京区水道1-3-30
TEL 03-3868-3275
装丁・本文イラスト－マツモトミツアキ
地図イラスト－サワダサワコ
装丁デザイン－ansyyqdesign
印刷－中央精版印刷株式会社

価格はカバーに表示されてあります。

落丁乱丁の場合はアルファポリスまでご連絡ください。

送料は小社負担でお取り替えします。


ISBN978-4-434-32314-0 C0093

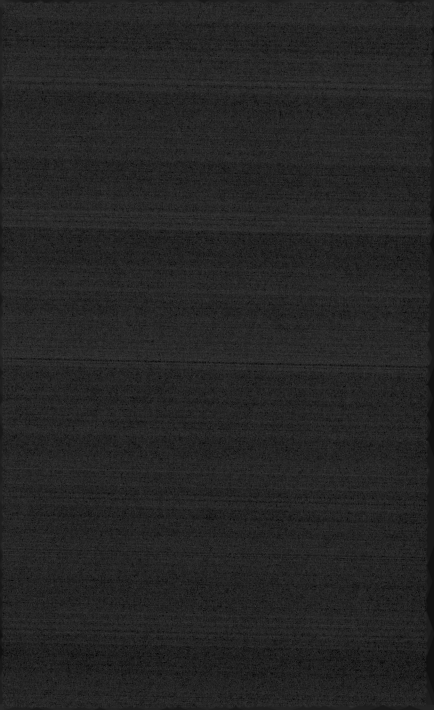